Thomas Opferma

Weihnachts-Anthologie 2024

Kurzgeschichten & Lyrik

Bibliografische Information der Deutschen
Nationalbibliothek:
Die Deutsche Nationalbibliothek verzeichnet diese Publikation in der Deutschen Nationalbibliografie; detaillierte bibliografische Daten sind im Internet über
http://dnb.dnb.de abrufbar.
© 2024 Thomas Opfermann
Herstellung und Verlag: BoD · Books on Demand GmbH,
In de Tarpen 42, 22848 Norderstedt
Druck: Libri Plureos GmbH, Friedensallee 273,
22763 Hamburg
ISBN: 978-3-7597-3433-4

Inhalt

Vorwort 7
Abels: Das Weihnachtsessen 9
Adam: Weihnachtssegen 13
André: Der unbekannte Gast 15
Bannister: Das Friedensangebot 21
Behlert: Einmal im Jahr 27
Berthold: Schneeluft 33
Beutnagel: Single-Weihnachten mit Hund . 35
Birgfeld: Das Geborenwerden 37
Blepp: Im kalten Advent 39
Böhm: Das Festmahl 45
Brepols: Zuhause 49
Bühler: Weihnachten der besonderen Art .. 51
Bulla: Fern 55
Burghardt: Wenn der Schnee leise fällt 57
Demirdelen: Für immer bei dir 63
Engels: Weihnachtsfreude im Karton 69
Fahn: Adrians Reise ins Unbekannte:
Weihnachten am Ende der Welt 73
Fock: Mochi statt Christbaumkugeln 79
Fritsch: Ankunft 83
Gabelmann: Santas Weihnachtsgeschenk .. 85
Gelhaar: Weihnacht 91

Gerke: Weihnachtsblues..............................93

Glaser: Ein Weihnachtsgruß 95

Gnauck: Frostige Hufe 99

Hügelheim: Im Schatten vom großen roten Mann 105

Jun: Einsamkeit in der Heiligen Nacht.....111

Kasper-Merbach: Advent 115

Kirschbaum: Glocken................................117

Konopka: Von wegen besinnlich 119

Kormann: Winterzauber 123

Lange: Stern im Zwielicht.........................125

Märtens: Ein kleines Weihnachtswunder .131

Maurer: Stille Nacht war gestern 137

Meinolf: Paulchens Weihnachten..............141

Meiser: Der vergessene Stern 145

Mondstein: Weihnachten damals in den 60ern 151

Müller: Weihnachten ist immer toll 157

Müller-Hörth: Oh du fröhliche, oh du selige nervenraubende Weihnachtszeit!..............159

Nake: Rückenwind fürs Leben..................163

Riedel: Wenn die Nacht anbricht 165

Rösch-Brassovan: Weihnachten, traumhaft 171

Sauer: Schon wieder Weihnachten 173

Schäffauer: Trulldemar und der nächtliche Besuch 177

Schott: Weihnachtszauber im Sternenschein 183

Seebach: Ganz oben 185

Seebach: Dezember 191

Strüven: Weihnachtsfriede 197

Thelen: Weihnachtswünsche 201

Thomauske: Ein Weihnachtswunder 207

Voigt: In einer schönen Weihnachtszeit 213

Warwel: Zauberhaft Leistung 215

Weimer: Weihnachten 217

Westbrock: Ein Tag wie jeder andere 221

Wettstein-Meißner: Winterzeit, Träumezeit 223

Autorenvorstellung 224

Vorwort

Liebe Leserinnen und Leser,

mit dieser Anthologie darf ich Ihnen 54 Texte zum Thema Weihnachten präsentieren. Lassen Sie sich nicht nur von der Vielfalt der Genres überraschen, sondern auch von der inhaltlichen Bandbreite. Weihnachten ist vielfältig, mal märchenhaft schön, manchmal traurig oder aber auch besinnlich.
In diesem Sinne wünsche ich Ihnen viel Freude bei der Lektüre!

Stolberg, November 2024
Thomas Opfermann

Stephanie Abels

Das Weihnachtsessen

„Möchtest du noch Rehbraten, Vater?"
„Was?"
„Ach Opa, sind die Batterien von deinen Hörgeräten schon wieder leer?"
„Vivien, sei nicht so frech."
„Wieso denn, Mama, kann doch sein?"
"Ich will noch von dem Schwein!"
„Vater, das ist Rehbraten."
„Was?"
„Nun gib ihm noch ein Stück Fleisch, Doris. Und ich nehme noch Wein."
„Hast du nicht schon genug Alkohol, Klaus? Du hattest vor dem Essen schon Sekt und Sherry."
„Na und, ist doch Weihnachten, das Fest der Liebe. Und ich liebe Wein."
„Ich dachte, du liebst Mama."
„Felix, du bist genauso frech wie deine Schwester."
„Find ich nicht, Mama. Oder wann hat Papa zuletzt zu dir gesagt, dass er dich liebt?"
„Felix, das verstehst du nicht", schaltet sich Papa ein. „Ein Mann muss das mit der Liebe nicht sagen. Nicht zu seiner Frau."
„Das sehe ich anders, Papa. Ich sage Sarah oft, dass ich sie liebe. Und sie sagt das auch zu mir."
„So? Und warum ist sie dann heute nicht hier, deine Sarah, wenn sie dich so sehr liebt?"
„Papa, weil sie bei ihren Eltern ist. Sie kommt morgen her."
„Klaus, jetzt lass die Kinder."

„Doris, du nimmst sie immer in Schutz. Sie müssen doch das Leben kennenlernen."
„Aber nicht an Heiligabend. Heute vertragen wir uns. Wer möchte Nachtisch?"
„Was gibt's denn?"
„Vanilleeis mit Roter Grütze."
„Was?"
„Opa, jetzt gib mal deine Hörgeräte her."
„Ich will Nachtisch!"
„Ja, bekommst du, Vater. Vivien, holst du den Nachtisch aus der Küche? Und nimm ein paar Teller mit in die Spülmaschine."
„Warum immer ich? Kann der Felix nicht auch mal was machen?"
„Jetzt mecker nicht, sondern hilf deiner Mutter. Und bring mir den Kräuterbitter mit."
„Klaus, bist du sicher?"
„Ich nehm einen Schnaps!"
„Siehst du, Doris, dein Vater trinkt einen mit."
„Ich hol den Schnaps, ich brauche auch einen."
„Felix, seit wann …?"
„Mama, in dieser Familie ist es manchmal nicht anders auszuhalten."
„Mama, Papa, ich wollte euch etwas sagen."
„Was denn, mein Liebes? Aber warte, Vivien, hol uns doch erst den Nachtisch."
„…"
„Ich hole den Nachtisch und den Schnaps."
„Danke, Felix."
„Mein guter Junge. Und dann stoßen wir an. Auf die Liebe! Wann bringst du eigentlich deinen ersten Freund mit, Vivien?"
„Ähm, genau darüber wollte ich mit euch sprechen, Papa."
„Wunderbar, endlich! Wie heißt er denn?"
„Klaus, jetzt lass sie doch mal ausreden."

„Wo ist mein Schnaps?"
„Felix holt ihn gerade, Vater, warte noch. Vivien, Liebes, das ist ja schön, wann lernen wir deinen Freund denn kennen?"
„Also ..."
„Ah, endlich, da ist der Schnaps! Jetzt erstmal Prosit!"
„Prost!"
„Ich liebe eine Frau."
„Was?"
„Ich nehm noch einen!"
„Aber Liebes ..."
„Coole Schwester!"
Frohe Weihnachten

Viktoria Adam

Weihnachtssegen

Das Eis auf den Fenstern,
der Schnee auf dem Dach.
Kristallener Atem,
mein Herz, es wird wach.

Die Stiefel, sie knirschen,
der Schnee glitzert grell.
Ich atme tief ein,
in mir wird es ganz hell.

Die eiskalte Luft macht mich
munter und frei.
Weihnachtlicher Segen
weht lautlos herbei.

Blauweißliches Licht,
die Sonne scheint klar.
Mein Herz voller Freude,
meine Träume, so wahr.

Céline André

Der unbekannte Gast

Meine Mutter hasste Weihnachten. Sie hatte sich von ihren Eltern und Geschwistern „befreit" und mein Vater hatte kurz nach meiner Geburt schnell den Weg zu seiner neuen Heimat, der verrauchten Kneipe in die kleine Nachbarstadt, gefunden. Er verbrachte Weihnachten sowie alle anderen Tage des Jahres mit seinen „Tresenbrüdern" bei Kartenspielen, Tabakgeruch, Wein und Schnaps.
So musste ich gezwungenermaßen den Heiligabend mit ihr und ihrer Bitterkeit verbringen. Wir holten Jahr für Jahr eine Plastiktanne vom Boden. Sie roch nach Staub und Feuchtigkeit und doch versuchte ich ihr die Huldigung zu schenken, die sie als Weihnachtsbaum verdiente, und freute mich an ihrem immer grässlicheren und schiefen Anblick. Eine Lichterkette hängten wir ans Fenster, „damit die Schulkinder im Schulbus sich freuen".
Meine Mutter arbeitete schwer und hatte trotzdem nie genug Geld, so dass Weihnachten und mein Geburtstag die einzigen Tage im Jahr waren, an denen ich Geschenke bekam. Leider war sie auch dem Thema Geschenk nicht zugewandt und ich hatte mir sehr früh angewöhnt, Freude vorzutäuschen, um etwas von der Stimmung der leuchtenden Schaufenster und glitzernden Postkarten zu erleben. Ich versuchte mit schlecht gebastelten Sternen und Krippenfiguren aus Wäscheklammern die Misere unserer kleinen Wohnung kurz

aufzubessern. Ästhetisch gesehen waren es nur verzweifelte Versuche, Weihnachten wie die anderen Kinder zu erleben.

Ich kannte den Ablauf des Heiligen Abends auswendig. Wir würden den Tisch decken, mit – und darauf legte sie einen besonderen Wert – dem Besteck für den „unbekannten Gast". Das machte man eben so. Am Heiligabend. Nie kam ein Gast zu uns. Aber diesen Gast stellte ich mir meine ganze Kindheit groß, lustig, mit Augen voller Abenteuer und einer Tasche voller Geschenke vor. Ich wartete den ganzen Abend, dass er klingeln würde. Vergeblich. Wir aßen gemeinsam den selbst gekauften Kartoffelsalat und zwei Würstchen. Sie gönnte sich einmal im Jahr eine Tüte Pralinen „als eigenes Geschenk". Nach dem Essen ging die Bescherung los. Ich bekam eine Trainingshose aus dem Second-Hand-Laden, eine unechte Barbiepuppe und ein Buch, das ich mir gewünscht hatte und in dessen Einband der Name eines anderen Kindes stand. Ist doch egal, das Buch ist doch dasselbe. Lächeln. Danke Mama. Danach Fernseher an. Bunte Weihnachtsshows mit Kitsch, Lametta und Weihnachtsfreude. Sie schlief dabei schnell ein. Das war der Zeitpunkt, an dem ich leise in mein Zimmer ging, um mein neues Buch zu lesen. Einmal schlafen. Am Tag danach würde mein Vater mich abholen, mit mir die obligatorische Runde im Park drehen, in die Kneipe gehen, mir eine heiße Schokolade spendieren und ein paar Handschuhe oder bunte Socken schenken. Danke Papa. Und irgendwann wäre Weihnachten wieder vorbei.

Als ich groß genug war, um zu gehen, ging ich. Erst in eine fremde Stadt, um ein Fach zu studieren, von dem weder mein Vater noch meine Mutter

etwas verstanden, danach in ein fremdes Land, dessen Sprache sie nicht sprachen. So weit wie möglich. Dort gründete ich eine Familie und Weihnachten wurde ein ganz besonderes Fest, wie man es auf den Postkarten oder in der Werbung sieht. Der Fernseher blieb aus. Wir lachten viel. Ich liebte es, für alle besondere Geschenke zu finden. Wir schmückten das Haus und den im Wald frisch gefällten Baum. Meine Mutter rief ich immer, kurz bevor die ersten Gäste kamen, an und wünschte ihr frohe Weihnachten. Jaja, danke, dir auch. Ich legte immer ein Besteck für den „unbekannten Gast" hin, weil man das eben so macht. Die Kinder zogen aus, gründeten ihre eigenen Familien.
Meine Mutter war mittlerweile in ihrer Einsamkeit, Armut und Bitterkeit immer schwächer geworden. Während unserer seltenen Telefonate brachte sie viel durcheinander, vergaß Ereignisse und wurde immer stiller. Mein Mann meinte, ich solle sie doch mal zu Weihnachten besuchen. Er würde sich bei den Kindern einladen. Ich sollte mir keine Sorgen machen.

Ich nahm also einen Schnellzug am 23.12. und gruselte mich schon vor dem Heiligabend meiner Kindheit. Ich bereute schnell, die Stadt verlassen zu haben, die meine neue Heimat geworden war. Ich nahm ein Hotelzimmer in der Nähe der Wohnung meiner Mutter, traf am Abend noch eine Schulfreundin, besuchte meinen Vater auf dem Friedhof, trank eine heiße Schokolade in seiner Stammkneipe. Die Zeit schien dort im Stillstand zu verharren. Ich holte aus dem Supermarkt einen kleinen Eimer Kartoffelsalat, zwei Würstchen und eine Tüte Pralinen und machte mich auf den Weg zu meiner Kindheit.

17

Ich klopfte an die Tür, die wie immer nicht verschlossen war. Wer sollte schon da was klauen? Ich ging leise in die Wohnung rein. Am Fenster leuchtete die kleine Girlande. Meine Mutter saß an ihrem kleinen Tisch. Sie war über ihre Kreuzworträtsel eingeschlafen. Ich schüttelte sie langsam wach. Sie erschrak, erkannte mich und sagte nur: „Ach, siehst du, der unbekannte Gast!" Wir lächelten beide. Ich packte das Essen aus. Ich sah, wie schwer ihr jede Bewegung, jede Wortfindung fiel. Sie wunderte sich über meine grauen Haare. Immer wieder setzten ihre Gedanken aus und sie schlief kurz ein. In diesen Augenblicken schaute ich auf meinem Smartphone die Bilder und Videos meiner Familie und meiner Freundinnen, die alle fröhlich feierten und Glückwünsche schickten.
Irgendwann wachte sie wieder auf. Weißt du noch, wie schön Weihnachten war, als du noch klein warst? Weihnachten sei jetzt nur noch gruselig. Das einzige Gute daran sei nur, dass es irgendwann wieder vorbei ist. Sie schaute übrigens auch nicht mehr fern. Das ganze Programm würde nur noch nerven. Wenn ich möchte, könnte ich doch auf dem Sofa schlafen. Sie wolle ins Bett gehen. Ich half ihr bis in ihr Zimmer. Sie setzte sich schwerfällig auf ihr Bett und sagte Danke. Danke.
Ich lag angezogen auf dem Sofa und weigerte mich, den Staub und den Schmutz zu sehen, die mich an meine vermeintlichen Tochterpflichten erinnerten. Ich schaute auf mein Smartphone und antwortete mit passenden Smileys auf alle Nachrichten und schlief auch ein.

Als ich aufwachte, war es ganz ruhig in der kleinen Wohnung. Draußen fielen die ersten Schneeflocken. Ich ging leise in das Zimmer meiner Mutter.

Sie lag ganz friedlich in ihrem Bett. Sie atmete nicht mehr. Ich war der unbekannte Gast gewesen, auf den sie so lange gewartet hatte. Das Warten hatte sein Ende gefunden.

Ich öffnete das Fenster. Der Schnee fiel leise. Alles war friedlich. Es war Weihnachten.

Saskia Bannister

Das Friedensangebot

Regungslos schwebte Milas behandschuhter Zeigefinger über dem Klingelknopf. Ihre andere Hand umklammerte die Keksdose, auf der sich ein paar Schneesterne niedergelassen hatten. Am Morgen waren nur vereinzelt zarte Schneeflöckchen aus dem dunklen, wolkenverhangenen Himmel gerieselt, doch mittlerweile wirbelten dicke Flocken durch die Luft und bedeckten rasch jeden Zentimeter der Straße, der Hausdächer und der Baumkronen.

Dass es ausgerechnet dann schneite, wenn Mila vor Viktors Tür stand, hätten Milas Mitbewohnerinnen mit Sicherheit als Zeichen gedeutet. Immerhin waren die letzten Dezember tendenziell mild ausgefallen. Schnee gab es selten. Und endeten nicht alle Weihnachtswunder damit, dass es schneite?

Mila seufzte, wobei weißer Nebel beim Ausatmen aufstieg. Wieso hatte sie sich überreden lassen, hierher zu kommen? Gestern, nach löffelweise Keksteig, zweieinhalb Tassen Glühwein und einem rührseligen Weihnachtsfilm, erschien das Ganze hier wie eine hervorragende Idee. Aber jetzt?

Milas Herz pochte so kräftig, als wolle es aus der Brust hüpfen. „Sei kein Feigling und drück endlich diesen blöden Knopf", murmelte sie. „Was hast du schon zu verlieren?"

Im Idealfall freute sich Viktor über ihren spontanen Besuch und empfing sie mit einer herzlichen Umarmung. Im schlimmsten Fall ärgerte er sich, dass Mila nach fast anderthalb Jahren die Funkstille brach, und jagte sie mit weniger freundlichen Worten davon. Nur eine kleine Bewegung trennte sie von der Gewissheit, ob die Freundschaft zu Viktor wieder aufleben konnte oder für immer der Vergangenheit angehörte.

Mila presste den Finger auf den Knopf und ein schrilles Klingeln drang aus dem Haus. Während sie wartete, zupfte sie an dem hellblauen, gekräuselten Geschenkband, um dem dekorativen Knäuel auf der Keksdose wieder Volumen zu verleihen, nachdem es in ihrer Handtasche plattgedrückt worden war. Mila klingelte erneut, doch auch das zweite Mal änderte nichts an dem Ergebnis. Niemand kam, um ihr die Tür zu öffnen.

„Toll. Das Risiko eines unangekündigten Besuches." Mila verdrehte die Augen. Unter all den Szenarien, die sie vorher im Kopf durchgespielt hatte, gab es keines, bei dem niemand zu Hause war und sie zum Eiszapfen erstarrte. Aber selbst wenn sie sich hätte ankündigen wollen, wäre das ohne Viktors Telefonnummer nicht möglich gewesen.

Unschlüssig blickte Mila zur Straße. Auf eine längere Sitzsession bei Minusgraden war sie nicht eingestellt. Außerdem gab es keine Garantie, dass Viktor heute nach Hause zurückkehrte. Vielleicht war er zu Beginn der Feiertage verreist. Wie ihre Mitbewohnerinnen, die am Morgen in die Heimat gefahren waren, um Weihnachten bei ihren Familien zu verbringen. Wenn Mila jetzt heimkehrte, würde Viktor nie erfahren, dass sie hier war. Und es war unwahrscheinlich, dass sie nochmal den Mut aufbrachte, hierherzukommen.

Mila machte Anstalten, die Keksdose wieder in ihrer Handtasche zu verstauen, dabei grinste ihr der Schneemann auf dem Geschenketikett schelmisch

entgegen. „Dass ich da nicht früher drauf gekommen bin." Mila lachte und kramte in ihrer Tasche nach einem Stift. Sie streifte einen Handschuh ab und schrieb mit vor Kälte zitternden Händen: „Viktor, ein Friedensangebot. Mila." Für mehr Worte war kein Platz auf dem Etikett. Sie quetschte zusätzlich ihre Telefonnummer darauf und platzierte das Geschenk vor die überdachte Haustür.
Auf dem Gehweg warf Mila einen letzten Blick zurück. Mittlerweile schneite es so stark, dass ihre Fußspuren in wenigen Sekunden unter einer frischen Ladung Schnee verschwanden. Nur die Keksdose verriet, dass sie hierhergekommen war. Hoffentlich kam keiner der Nachbarskinder auf die Idee, die Plätzchen zu stibitzen.

Mila lehnte sich gegen die Glaswand des Bushäuschens und beobachtete das Schneetreiben. In Gedanken malte sie sich Viktors überraschtes Gesicht aus, wenn er das Geschenk entdeckte. Sie hätte gerne seine Reaktion gesehen, wenn er die Dose öffnete und zwischen den Vanillekipferln und Zimtsternen die Butterplätzchen in Haifischform fand. Die Ausstechform hatte er ihr damals auf dem Weihnachtsmarkt geschenkt, da er um ihre Liebe für diese oft missverstandenen Meeresbewohner wusste.
Viktor war immer für sie da gewesen, wenn sie Sorgen hatte. Mila vermisste die gemeinsame Zeit. Das Herumalbern, das Philosophieren, ihn. Weswegen hatte sie nicht an der Freundschaft festgehalten? Wie hatte die Liebe zu einem anderen Mann sie derart berauschen können, dass sie jede freie Minute mit ihm verbringen wollte und sich dabei von allen Menschen distanzierte, die ihr etwas bedeutet hatten?

Nach der Trennung hatte Mila ihren Fehler erkannt und versucht, in ihr altes Leben zurückzukehren, indem sie ihre Freundschaften wiederbelebte. Nur Viktor konnte sie nicht erreichen, da er zwischenzeitlich seine Nummer gewechselt hatte, ohne sie ihr mitzuteilen. Vermutlich brauchte er einen klaren Cut.
Obwohl Mila Viktor gerne gesehen hätte und sich nach einem klärenden Gespräch sehnte, war sie erleichtert, ihn nicht angetroffen zu haben. Sie hatte das Gefühl, eine Grenze überschritten zu haben, wie eine Stalkerin, die bei ihm zu Hause auflauerte.
Wäre Milas Leben eine Liebeskomödie, würde ihr Verhalten sicherlich als romantische Geste durchgehen, die Viktor dazu veranlasste, sie in die Arme zu schließen und leidenschaftlich zu küssen. Ob der Viktor im realen Leben diese Vorstellung von Romantik teilte, war fraglich. Vielleicht stufte er Milas Aktion in der Kategorie Creepy ein. Wenn dem so war, bräuchte er sich keine Sorgen zu machen. Mila hatte den ersten Schritt gewagt. Jetzt lag es bei ihm, ob er ihr Friedensangebot annahm oder nicht. Sollte Viktor sich nicht bei ihr melden, würde sie sich damit abfinden und ihn nie wieder belästigen.
Mila schaute auf ihr Handy. Der Bus hatte mittlerweile eine Verspätung von dreißig Minuten. Angesichts der dicken Schneeschicht auf der Straße und der wenigen Autos, die im Schneckentempo vorbeifuhren, war es unwahrscheinlich, dass er noch kommen würde. Vermutlich würde auch kein Taxi fahren, mal davon abgesehen, dass es für die Strecke bis nach Hause ohnehin unbezahlbar wäre. Mila öffnete eine Karten-App, um sich zu orientieren. Ein kleiner Freudenschrei entglitt ihr, als

sie feststellte, dass in zwei Kilometer Entfernung ein Bahnhof lag und, was viel wichtiger war, die Züge fuhren.
Entschlossen stampfte Mila durch den knöcheltiefen Schnee. Sie zog den Schal höher, um ihre schmerzenden Wangen vor dem eisigen Wind zu schützen, der ihr die Schneeflocken ins Gesicht peitschte. Nach der Hälfte der Strecke waren ihre Hosenbeine durchnässt und ihre Haarspitzen eingefroren. Als sie den Bahnhof erreichte, war das Gefühl fast vollständig aus ihren Fingern gewichen, sodass sie mit Mühe am Automaten eine Fahrkarte zog.
Trotz der Witterungsverhältnisse verspätete sich der Zug lediglich um 10 Minuten. Erleichtert endlich wieder im Warmen zu sein, ließ Mila sich auf einem Platz am Fenster nieder. Sie streifte ihre Handschuhe ab und rieb ihre Hände aneinander. Nicht mehr lange und sie könne sich mit einer Wärmflasche, einer heißen Schokolade und selbstgebackenen Keksen aufs Sofa kuscheln. Nach den Strapazen des Tages war Mila froh, dass ihre Mitbewohnerinnen weg waren und ihr ein ruhiger Abend bevorstand.
Das Handy vibrierte. Mit rasendem Herzen entsperrte Mila das Gerät und las die Nachricht von Unbekannt.
„Hallo Mila, vielen Dank für die Kekse. Die sind richtig lecker. Vor allem die Haifische. Ich weiß, morgen ist schon Heiligabend. Aber hättest du trotzdem Lust, dich um 10 Uhr in unserem Stammcafé zu treffen? Ich bringe dir auch Mini-Marshmallows mit, da ich weiß, wie gern du die in deinen Kakao tunkst. Viele Grüße, Viktor"
Mila drückte das Handy an die Brust und lächelte. Viktor hatte ihr Friedensangebot angenommen.

Ein schöneres Weihnachtsgeschenk hätte er ihr nicht machen können.

Petra Behlert

Einmal im Jahr

Wir, die Familie Müller, haben jedes Jahr Weihnachten nach einem unumstößlichen Codex gefeiert. Dieser Codex ist für immer und ewig in unseren Familienstammbaum gemeißelt worden. Egal, wie schlimm es kommt, wir finden alles schön und sind lieb, denn es ist ja Weihnachten. So haben wir auch 1975 Weihnachten gefeiert und dieses Fest hat sich in meine zehnjährige Seele eingebrannt.

Heute ist Heiligabend und mein Bruder Ralf und ich müssen den Kaffeetisch decken, denn gleich kommen Oma Millie und Tante Elisabeth. Unsere Mutter wuselt seit heute früh in der Küche rum und Vater ist in unserem Kinderzimmer mit Weinbrandbohnen und James-Last-Platte verschwunden, da ihn das Weihnachtsgedöns aufregt.
„Mama", rufe ich in die Küche, „Ralf hilft nicht mit."
Mein 14-jähriger Bruder streckt mir die Zunge raus. „Ist Frauenarbeit, Papa macht auch nichts."
Ralf schaut mich mit diesem überheblichen Großen-Bruder-Blick an und zischt mich leise an: „Petze!" Ich kreische laut, was ich wirklich gut kann, und stürze auf ihn.
„Kinder, bitte, es ist doch Weihnachten!" Meine Mutter stellt einen Kuchen auf den Tisch. Also, meine Mutter kann köstlich kochen, aber Kuchen wird halt nicht gekocht und das ist ein Problem.

„Ui", ruft mein Bruder und zeigt dabei auf den Kuchen, „hat´s in der Küche ein Erdbeben mit heftigem Schneefall gegeben?" Wir schauen uns das Ungetüm aus Sahne an.
„Ich finde ihn originell." Da kommt mir Omas Spruch in den Sinn, „es kommt auf den Geschmack an." Wie jedes Jahr wird der Katastrophenkuchen schöngeredet.
„Nun, der Kirschkuchen ist leider in viele Teile zerbrochen und mit der Sahne fällt es nicht so auf."
Ich höre an ihrer Stimme, dass sie nicht davon überzeugt ist.
Unsere Gäste, mein Vater und der Rest der Familie, haben sich zum gemütlichen Kaffeetrinken eingefunden. Meine Tante Elisabeth sitzt neben mir und hat zwei Steckenpferde. Eines rieche ich überdeutlich und über das andere werden wir jedes Jahr aufgeklärt.
„Beate, mein liebes Kind", dabei weht der Zigarettenrauch zu mir rüber, „weißt du, was dein Name bedeutet?"
Schnell verschließe ich meine Nase von innen, damit ich dem Aschenbechergeruch entkomme. Schwierig wird es zu antworten, daher schüttle ich meinen Kopf. Ich kenne die Antwort, seit ich vier bin, aber es ist Weihnachten und ich bin eine höfliche Zehnjährige.
„Beate, die Glückliche und –"
„Ralf der Doofe", grätsche ich dazwischen.
Mein Bruder schnauft wie ein Stier und wirft mir eine Knickebeinglocke an den Kopf.
Das klebrige Zeug läuft in mein Auge und ich fange an zu kreischen, was ich wirklich gut kann.
„Bitte, Kinder!" In Mamas Stimme schwingt die Erinnerung an unsere Familienregel mit. „Es ist Weihnachten."

Mein Bruder entschuldigt sich mit sanfter Stimme.
Der führt doch was im Schilde, raunt mir meine innere Stimme zu, sei auf der Hut!
„Wer möchte Kuchen?" Meine Mutter schaut uns der Reihe nach an.
„Ich möchte", mein Bruder setzt sein Unschuldsgesicht auf, „Beate nichts wegessen. Die liebt doch deine Kuchen, Mama, deshalb gib ihr auch mein Stück."
Meine Mutter schneidet zwei riesige Stücke ab und stellt sie vor mich hin. Sie schaut mich glücklich an. Alle anderen am Tisch essen lieber nur die Weihnachtsplätzchen, damit später noch Platz für Heringssalat ist.
Meine Tante tätschelt meine Schulter: „Iss Kind, du bist viel zu dünn."
Tapfer esse ich die Sahnebrocken auf. Es ist ja Weihnachten. Mein Bruder sitzt mir entspannt und zufrieden gegenüber. Große Brüder sind echt ´ne Strafe. Er weiß genau, dass mir von zu viel Sahne schlecht wird.
„Ihr Lieben", dabei klatscht meine Mutter in die Hände, „Beate spielt vor der Bescherung ein Lied auf der Blockflöte."
In meinem Bauch rumort die Sahne und ich muss das Aufstoßen unter Kontrolle bringen, was Auswirkung auf mein Flötenspiel hat.
„Wow", ruft mein Bruder, „keinen einzigen richtigen Ton getroffen. Respekt, Schwesterchen."
„Es zählt der gute Wille." Meine liebe Oma versucht mich aufzubauen. Aber mein Bruder lässt nicht locker.
Na, warte! Beate, lass dir was einfallen!
„Ralf möchte euch ein Gedicht vortragen", sage ich schadenfroh. Mein Bruder kennt kein einziges Weihnachtsgedicht. Überraschte Erwartung liegt

in der Luft. Mein Bruder schüttelt sich kurz und stellt sich selbstbewusst vor den Tannenbaum und singt: „Ri, ra, runkel, im Hühnerarsch ist´s dunkel, kann ja gar nicht helle sein, scheint ja keine Sonne rein."
Jetzt schaltet sich sogar mein dezent im Hintergrund waltender Vater ein und Ralf bekommt eine Standpauke. Meine Mutter beruhigt die Situation. „Ihr Lieben, es ist doch Weihnachten und das Christkind war da." Endlich! Bescherung und wir packen unsere Geschenke aus. Ich bekomme ein wunderschönes Puppenbett und mein Bruder Fischertechnik. Nach dem Essen sitzen wir alle um den Weihnachtsbaum. Meine Tante ruft mich zu sich.
„Beate, das Christkind hat mir ein Geschenk für dich mitgegeben." Sie kramt in ihrer Handtasche.
„Oh, wie schön", sage ich pflichtbewusst. Ich halte den lila, kratzigen Schal in der Hand, den mein Bruder letztes Jahr meiner Tante geschenkt hatte, da von uns ihn keiner wollte. Elisabeth nimmt den Schal und bindet ihn mir um. Es ist heiß im Raum, mir ist elend im Magen und der Schal beißt in meinen Hals.
Meine Tante hat das Thema: Beate ist zu dünn wieder aufgegriffen. Sie zaubert eine Tüte aus ihrer Tasche und stopft mir die Süßigkeit in den Mund.
„Igitt! Geleebananen." Ich hasse Geleebananen.
„Stell dich nicht so an", sagt meine Tante. Sie nimmt ein Glas Eierlikör und schüttet ihn in meinen Mund und bläst mir den ekeligen Aschenbechergeruch ins Gesicht. Ich kann so schnell nicht meine Nase von innen verschließen.
Sahnebrocken, Geleebananen, Eierlikör, Heringssalat und Aschenbechergeruch tanzen Samba in

meinem Magen und die Rettung ist die geöffnete Krokodilhandtasche meiner Tante.
„Voll der ekelige Vulkanausbruch, Schwesterchen." Mein Bruder lacht lauthals und wirft sich nach hinten. Normalerweise steht da unser Sofa, aber Weihnachten ist es um ein paar Zentimeter verschoben. Ralf landet auf meinem neuen Puppenbett. Puppenbetten sind für Puppen und nicht für doofe Brüder. Meine Tante schimpft mit mir, meine Mutter wirft die Tasche inklusive Inhalts auf die Terrasse. Meine Oma gibt mir ein Schluck Wasser und holt Sekt für die Erwachsenen.
„So", dabei reicht sie allen ein Glas, „jetzt beruhigt euch, es ist doch Weihnachten."
Drei Sektchen später sitzen wir, halbwegs beruhigt, um den Weihnachtsbaum. Meine Mutter fragt erst mich und dann meinen Bruder, wie jedes Weihnachten mit diesem Weihnachtsblick: „Kind, ist Weihnachten nicht schön? Bist du zufrieden?"
Mir ist übel, Tante Elisabeth ist wütend auf mich, mein Flötenspiel war eine Katastrophe, mein Puppenbett ist zusammengebrochen, mein Bruder ist doof und meine Zunge weigert sich dankbare Worte zu formen. Ich schaue zu Ralf und der formt mit den Fingern ein Peace-Zeichen und hat den Denk-an-den-Weihnachtscodex-Blick.
Ich kreische laut, was ich wirklich gut kann. Ich kreische, wenn sie Pech haben, bis zum verdammten Ende des Festes. Unser Weihnachtscodex ist mir dieses Jahr, SCHEIßEGAL!

Hannelore Berthold

Schneeluft ...

In den Schnee geschrieben
sind die Spuren
vom alten Jahr.
Der Winter sitzt
im Wolkenbett,
erzählt
von Raureif und Eis.
Und Feld und Wald
haben weiße Kleider an.
Wir aber
am Kamin
träumen von Weihnacht,
während hinterm Fensterglas
eine Zauberhand
schon wieder Bilder
vom neuen Frühling
malt.

Syelle Beutnagel

Single-Weihnachten mit Hund

Blätterrauschen überall.
Noch ist Zeit.
Zimtstern, Stollen überall.
Noch ist Zeit.
Ein Rentier huscht ins Bild.
Weihnachtsfilmzeit.
November-, Dezemberdunkelheit.
Glückliche Weihnachtsfilmzeit
versüßt dunkelgraue Abende.
Vorweihnachtszeit.
Kuschelig-gemütlich im
Weihnachtszeitgefühl
sich vor dem Bildschirm rekeln.
Weihnachtsabend.
Draußen läuten die Glocken zur
Familienweihnachtsnacht.
In mir such' ich nach
Weihnachtsfreude.
Wie in all den Filmen - verflogen.
Weihnachten.
Zwei zusätzliche Arbeitstage.
Endlich vorbei!

Harald Birgfeld

Das Geborenwerden

Das Geborenwerden hört nicht auf.
Ich achte nicht auf Kleinigkeiten.
Meinem Sohn gab ich,
Als Vorschuss auf die Weihnachtszeit,
Den Geldschein in die Hand.
Den warf er, weil er`s so verstand,
Dem Bettler in den Hut.
Es tut sehr gut,
Wenn uns ein Kind vertraut.

Das Geborenwerden hört nicht auf.
Ich achte nicht auf große Dinge.
In der Zeitung stand vom
Glück im Glück der Sieger
Und den Flügeln,
Die den Menschen endlich wachsen,
Alles das zur Weihnachtszeit.
Am Heiligabend werde ich wie immer
Einfach diese schönen, warmen Lieder singen.

Das Geborenwerden hört nicht auf.
Ich möchte meinen Augen trauen,
Wenn sie Dinge schauen,
Die man sonst nicht sieht.
Ich spreche von der einen Nacht,
Die mich im Glauben glauben macht,
Wie sonst zu keiner Zeit.

Helmut Blepp

Im kalten Advent

Der Morgen ist klirrend kalt, eigentlich zu kalt für Dezember. Max und Wulle treten aus dem Schlafwerk, wo sie für die Nacht eine Unterkunft gefunden hatten. Sie stellen ihre Krägen hoch und vergraben die Hände in den Parka-Taschen.
„Lausiger Service da drinnen", sagt Wulle, und Max bestätigt: „Nicht mal der Tee war richtig heiß. So sind die Katholen, sparen an allem. Aber komm, lass uns zum Bahnhof gehen, ein paar Münzen sammeln für einen starken Kaffee."
„Nein", widerspricht Wulle. „Ich habe jetzt Bock auf einen Glühwein."
„Wäre schön, aber ich bin völlig blank. Hast du etwa Geld?"
„Nicht wirklich. Aber ich kenne einen auf dem Weihnachtsmarkt, der hoffentlich eine Runde springen lässt."

Auf dem Markt ist noch nicht viel los. Die meisten Händler öffnen jetzt erst ihre Verkaufsstände, legen gerade ihre Waren aus oder machen ihre Kassen einsatzbereit. Hinter dem Tresen des Stands, zu dem Wulle seinen Kumpel führt, steht ein großer Mann mit Walross-Schnauzer und putzt Keramiktassen.
„Moin, Atze", grüßt Wulle ihn. „Echt frostig heute, was?"
Atze schaut auf, legt die Stirn in Falten und brummt ein „Moin".

„Du, Atze, wäre es möglich, dass mein Freund und ich an einem so kalten Tag einen Glühwein spendiert kriegen?"
Die Stirnfalten des Angesprochenen vertiefen sich. „Wulle", sagt er verärgert, „du hast mir zwar beim Aufbau der Hütte hier geholfen, aber ich habe dich dafür auch bezahlt. Dass du ab und zu mal einen Glühwein haben kannst, war ausgemacht. Aber ich versorge nicht auch noch deine Kumpels mit."
„Ist klar", stimmt Wulle devot zu. „Der Max hier ist aber nicht irgendein Kumpel, und ich verspreche dir, wenn der Markt vorbei ist, wird auch er uns beim Abbau und Verpacken helfen. Das macht der gern!"
Max nickt bestätigend.
„Sei´s drum", lässt Atze sich erweichen. „Dann ist das halt meine gute Tat für heute."
Er gießt zwei Portionen dampfenden Glühwein aus einer großen Pumpkanne ein.
„Aber die Tassen will ich wieder haben, sonst gibt es Ärger!"

In den Markt kommt langsam Leben. Die ersten Besucher schlendern durch die Gänge, eine heiße Wurst oder ein Getränk in der Hand. Aus allen Ecken ertönen Weihnachtslieder. Überall leuchten bunte Sterne auf, Engel aus Kunststoff oder Holz verteilen Segen, Nikoläuse tanzen zu alten Rock-Songs.
Max und Wulle trinken, die Ellbogen auf einen hohen runden Tisch gestützt, langsam ihren Wein.
„Und was machst du an Heiligabend?", fragt Max.
Wulle reibt sich nachdenklich über das ausgeprägte Grübchen am Kinn, das unter seinem struppigen Bart versteckt liegt.

„Eigentlich wollte ich zur Speisung bei der Caritas, aber ich denke, dieses Jahr gehe ich mal in die Vesperkirche. Ich habe gehört, die haben einen neuen Pfarrer, der nicht so ein nerviger Betbruder ist. Außerdem heißt es, dass die dort gut kochen. Und am Schluss kriegt man noch eine Tüte mit Obst und Süßem. Manchmal sind auch ein Paar Strümpfe von den Landfrauen mit drin."
„Klingt gut!" Max ist beeindruckt. „Ich glaube, da schließe ich mich an."
Er schaut über Wulles Schulter und beobachtet Atze, vor dessen Stand sich bereits eine kleine Schlange gebildet hat.
„Ist gut im Geschäft, unser Gönner", stellt er fest.
„Kennst du den schon lange?"
„Ja", antwortet Wulle. „Seit Jahren. Wir waren mal Kollegen sozusagen. Damals hatte ich eine Imbiss-Bude."
„Nee, was!" Max ist erstaunt. „Du und Imbiss! Mann, das wusste ich gar nicht. Und warum hast du den nicht mehr?"
Wulle dreht seine Tasse in den Händen, sagt aber nichts und guckt an Max vorbei zu einem Verkaufsstand gegenüber, in dem Aufziehäffchen verkauft werden. Der Verkäufer lässt immer wieder welche über den Tresen hüpfen. Einige Leute, die vorbeikommen, amüsieren sich.
Max wird die Stille peinlich, deshalb stößt er seinen Freund leicht an der Schulter und sagt: „Du, tut mir leid, die Fragerei! Geht mich ja auch nichts an."
„Schon gut", beruhigt Wulle ihn. „Ist lange her, fast dreißig Jahre. Ich hatte die Metzgerlehre geschmissen, war auf Zeit beim Bund. Von der Abfindung habe ich mir den Stand gekauft. Dann traf ich Marie, und wir heirateten. Den Imbiss führten wir

zusammen. Wir arbeiteten praktisch Tag und Nacht, verdienten auch nicht schlecht dabei. Und meine Frau war ein Engel."
Wulle verstummt wieder und schaut nach drüben zu den Äffchen. Die Leute lachen, aber niemand kauft eins der Spielzeuge.
Max ist jetzt doch richtig neugierig geworden und kann es nicht abwarten, bis sein Freund weitererzählt. „Ja, und dann", fragt er ungeduldig.
„Sie wurde schwanger."
„Und? Wolltet ihr denn keine Kinder?"
„Sie wurde schwanger von einem anderen."
Max rutscht spontan „Scheiße" heraus und, nachdem er tief Luft geholt hat, fragt er: „Weißt du das sicher?"
Wulle lächelt freudlos und hebt den Blick.
„Ich bin zeugungsunfähig. Das wussten wir schon vor der Hochzeit."
Max ist sprachlos. Ganz langsam dreht er sich eine Zigarette, schaut auf das glitzernde Treiben ringsum, auf den von Glühbirnchen erzeugten Sternenschein, die immergrünen Plastiktannen, die kitschigen Himmelsboten mit den vergoldeten Flügeln, deren Münder aus einem aufgedruckten O bestehen und auf ihre leblos starrenden Augen, die über alles und jeden hinwegblicken. Weihnachten, denkt er, das hier kann doch nicht alles sein. Und dann spricht er es aus.
„Sie war ein Engel, sagst du! So eine geht doch nicht fremd!"
„Aber ich bin doch unfruchtbar", empört sich jetzt Wulle über den Freund. „Kapierst du das nicht? Ich habe das nicht ertragen, dass sie mich hintergangen hat. Ich konnte das nicht. Deshalb musste ich weg."

„Was ist dann aus ihr geworden?" Max will es jetzt wissen. „Und aus dem Kind?"
„Keine Ahnung", bekennt Wulle mit rauer Kehle. „Sechs Monate habe ich das ausgehalten, habe mich mit Schnaps betäubt, neben ihr und ihrem dicker werdenden Bauch. Dann bin ich abgehauen." Völlig aufgelöst, mit Tränen in den Augen, sieht er Max an. „Ich weiß einfach nicht, was aus ihnen geworden ist."
Max ist fassungslos, hat keine Ahnung, wie er mit dieser Situation umgehen soll. Das sich überlappende Weihnachtsgeplärre aus den Lautsprechern, das Geglitzer und Geflitter, diese Stimmung, als gäbe es noch Weihnachten wie früher, all das bietet ihm keinen Ausweg aus dieser Situation. Wulle braucht Trost, aber woher nehmen!
Max tritt an seine Seite, umarmt ihn unbeholfen, sucht nach Worten.
„Wenn sie ein Engel war, und ich glaube dir das aufs Wort", flüstert er ins Ohr des anderen, „vielleicht ist sie dann gar nicht fremdgegangen. Vielleicht war es ein Wunder!"
Wulles unkontrolliertes Lachen schreckt die Marktbesucher auf. Eilig gehen sie weiter.

Heiligabend. Die beheizte Vesperkirche ist mit Tischen und Bänken in einen Speisesaal verwandelt worden. Es riecht schon nach gekochtem Essen, aber noch redet der Pfarrer. Der bärtige junge Mann steht auf der Kanzel und spricht über jene, denen gegeben wird.
Max hat gedrängt, also sind sie früh losgegangen und haben einen guten Platz erwischt, ziemlich weit vorne in der Nähe des mit Kerzen geschmückten Altars. Voller Genuss trinken sie ihren Eierpunsch, der zur Begrüßung gereicht wurde, und

genießen die wohlige Wärme. Später wird von den Helfern Gänsebraten mit Rotkohl und Klößen serviert werden, und am Ausgang steht ein langer Tisch mit den Geschenktüten, zu deren Inhalt auch wieder die Wollerzeugnisse der Landfrauen gehören.
Wulle hat in den vergangenen Tagen viel nachgedacht. Es hat ihm gutgetan, Max von seiner Vergangenheit zu erzählen. Er schaut den Freund an, der ihm gegenübersitzt, und ist immer noch berührt von dessen Bemerkung mit dem Wunder. Seither lässt ihn diese Idee nicht mehr los. Auch jetzt nicht. Deshalb hört er dem Pfarrer auch nicht wirklich zu und bemerkt gar nicht, dass der jetzt kurz innehält, voller Empathie auf seine Gemeinde herunterblickt und sich nachdenklich über das ausgeprägte Grübchen am Kinn reibt, das unter seinem Bart verborgen ist.

Roswitha Böhm

Das Festmahl

Dieses Jahr sollte alles anders werden. Beate hatte sich freiwillig gemeldet, das Weihnachtsessen zu übernehmen – immerhin war es ja nur ein veganes Menü, und wie schwer konnte das schon sein? Schließlich hatte sie bei Rita gesehen, dass man mit ein bisschen Gemüse und ein paar Körnern wahre Wunder bewirken konnte. Zugegeben, Rita und sie verstanden sich nicht gerade blendend, aber Beate war fest entschlossen, zu beweisen, dass sie auch ein kulinarisches Genie war.
So stand Beate am Heiligabend in ihrer viel zu feinen Bluse in der Küche, versuchte, das Chaos auf der Arbeitsfläche zu ignorieren, und redete sich ein, dass das ein Festmahl werden würde, das die Familie nie vergessen würde. Die Familie – bestehend aus den Schwiegereltern Margot und Uwe, ihrem Sohn Tobi, Rita und ihrem Mann Ron sowie Björn und seiner Frau Julia – saß währenddessen im Wohnzimmer und warf bereits nervöse Blicke in Richtung Küche.
Rita, die sich heute ernsthaft Mühe gab, nicht die Augen zu verdrehen, als sie Beate schon beim Eintreffen stolz herumwuseln sah, beobachtete das bunte Treiben mit einer Mischung aus Faszination und leiser Schadenfreude. Margot und Ulli tauschten skeptische Blicke, während Tobi sich mit einem schiefen Grinsen bei seiner Mutter erkundigte: „Also, Mama... das wird kein Salat diesmal, oder?"
Beate schnaubte und schickte ihn mit einem

energischen „Wirst schon sehen!" zurück ins Wohnzimmer.
Endlich war es so weit: Beate stellte die Teller auf den Tisch und setzte mit einem stolzen Lächeln ihr „Meisterwerk" vor die Familie. Eine eigenwillige Kombination aus matschigen Kichererbsen, gekochten Kartoffeln, die in einer seltsamen, klebrigglänzenden Sauce schwammen – ein unheimlicher Mix aus Sojasauce, Tomatenmark und einem Hauch von... Orangensaft? Ob das gewollt war, wusste niemand, aber Beate lächelte zufrieden, als wäre sie gerade zum ersten Mal zur „Köchin des Jahres" gekürt worden.
Rita versuchte, sich zusammenzureißen, aber als sie Beates Kreation vor sich sah, musste sie fast kichern. Das war also die vegane Weihnachtserleuchtung, die Beate stolz versprochen hatte. Margot und Ulli warfen sich gegenseitig vorsichtige Blicke zu, und Ron schielte hilfesuchend zu Rita hinüber, die in ihr Wasserglas grinste.
Doch dann – gerade, als alle ihre Gabeln zögerlich in Richtung Essen bewegten – ertönte ein lauter, schriller Ton. Der Rauchmelder schrie los, und die Luft füllte sich langsam mit einem feinen Hauch von... verbranntem Stoff?
Die Familie zuckte erschrocken zusammen, während Beate abrupt aufsprang und realisierte, dass sie den Topflappen auf der Herdplatte hatte liegen lassen. Der hatte sich inzwischen in eine zarte Rauchwolke verwandelt, die jetzt genüsslich aus der Küche in Richtung Festessen zog.
„Beate, brennt da was?!" rief Björn alarmiert, während Beate zur Küche eilte und den verkohlten Topflappen schnell in die Spüle warf, die Geräusche des Rauchmelders ignorierte und dabei fest entschlossen tat, als wäre nichts passiert. Dann

kam sie zurück an den Tisch, wischte sich mit einem gequälten Lächeln die Stirn und erklärte stolz: „Das Essen ist fertig!"
Die Familie blickte skeptisch auf die Teller. Margot, mit der Anmut eines Testesser-Rituals, schob sich einen winzigen Bissen in den Mund und hielt inne, als würde sie überlegen, ob das Essen wirklich so vegan ist, dass es jeglichen Geschmack verloren hat. Ulli nahm ebenfalls einen winzigen Happen, verzog das Gesicht und murmelte leise: „Beate... das ist... äh... sehr speziell."
Tobi schaute auf seinen Teller, als überlege er, ob er lieber ein Foto machen oder die Notaufnahme anrufen sollte. Björn lehnte sich zu Julia und flüsterte leise: „Denk an den Notfall-Keks in deiner Tasche."
Nur Rita saß grinsend am Tisch, nippte an ihrem Wasser und unterdrückte das Lachen, während Ron ihr einen warnenden Blick zuwarf, der eindeutig sagte: „Jetzt bloß kein Kommentar!" Tobi hob die Gabel mit einem breiten Grinsen und verkündete feierlich: „Das ist wirklich ein veganes Feuerwerk, Mama!"
Nach einigen höflichen Versuchen, die Mahlzeit zu genießen, lag das „Festmahl" nahezu unberührt auf den Tellern. Beate bemerkte nichts davon und nickte zufrieden, als sie stolz ankündigte: „Nächstes Jahr mache ich das Weihnachtsessen wieder!"
Die Familie nickte vorsichtig, alle insgeheim hoffend, dass sich die weihnachtlichen Kochpläne bis dahin irgendwie ändern würden.
Das vegane Weihnachtsfest à la Beate würde definitiv in Erinnerung bleiben – wenn auch nicht ganz so, wie sie es sich vorgestellt hatte.

Bianca Brepols

Zuhause

Der erste Schluck brannte. Dieses Gefühl liebte er. Leicht schwenkte er das schwere, halbhohe Glas in seiner Hand. Whiskey gab es nur bei besonderen Anlässen. Heute war so einer - Heiligabend. In den USA nicht unbedingt ein hochheiliger Feiertag, aber im entfernten Deutschland der wichtigste Tag für Groß und Klein.
Auch heute würde seine Familie an der reichlich gedeckten Kaffeetafel sitzen. Zum Zeitvertreib noch ein paar Karten spielen, während die Kleinen alle zehn Minuten aufgeregt nachfragten, ob das Christkind schon da war. Dann die freudige Aufbruchstimmung, wenn seine Frau rüber ins Haus der Schwiegereltern schaute und dort gerade das Christkind „davonfliegen" sah.
Bisher war er immer dabei gewesen. Hatte den Kindern die bunten Jacken und Schneestiefel angezogen. Ihnen mit der Handylampe den Weg zum Nachbarhaus ausgeleuchtet. Ihre strahlenden Augen beim Betreten des Hausflures beobachtet. Dort, wo der Weihnachtsbaum aufgebaut und die vielen Pakete gestapelt waren. Das fröhliche Glucksen vernommen, während ein Geschenk euphorisch aufgerissen wurde, nur um es wegzuschubsen und sofort das Nächste zu öffnen. Das kleine Schmuck-Präsent für seine Frau, das teure Aftershave für ihn. Sie legten nicht viel Wert darauf, sich untereinander zu beschenken. Hauptsache, die Kinder waren glücklich.

Aber heute saß er in der schicken Bar eines New Yorker Hotels und blickte auf die hektischen Gestalten vor dem Fenster, die schwer bepackt mit vielen Taschen die 5th Avenue entlangliefen. Weihnachtsgeschenke in letzter Minute einzukaufen war wohl auch hier üblich.
Er nahm einen weiteren Schluck der bernsteinfarbenen Flüssigkeit. Ließ sich den karamellisierten Geschmack auf der Zunge zergehen. Karamell, eins der Lieblingssüßigkeiten seiner Frau. Wenn er auf Geschäftsreise war, brachte er aus einem kleinen Geschäft in London immer Fudge mit. Die Plombenzieher aus England waren heiß begehrt. Niemand wusste besser, wie man den Zucker zu einer so schmackhaften Leckerei verarbeiten konnte.
Wie gerne würde er jetzt auch dort sein. Zuhause. Wo der Schnee so hoch war wie die Sträucher im Garten und der Glühwein dampfend nach Orange und Zimt roch. Die Weihnachtsbeleuchtung golden schimmernd den Kopf beruhigte und der knisternde Kaminofen Körper und Seele wärmte.
Er nahm den letzten Schluck und träumte sich weg aus der unpersönlichen Atmosphäre dieser Bar und dieser lauten, nie schlafenden Stadt. Morgen, endlich morgen, würde auch er nach Hause reisen ...

Nadin Corinna Bühler

Weihnachten der besonderen Art

Aus der Küche roch es verbrannt. Dicke Rauchschwaden zogen bereits in den Flur. Oma Frieda blieb davon unberührt. Sie lag in der Badewanne, umringt von lilafarbenem Lavendelkonfetti und grasgrünen Plastikquietschefröschen. Aus dem CD-Player auf dem orangefarbenen WC-Sitz dudelte lautstark Andrea Bocelli. Frieda selbst nippte gelegentlich an ihrem Aperol-Spritz-Glas. Ganze dreieinhalb Stunden blieben Oma Frieda noch, bevor ihre ganze Familie zum Weihnachtsessen auf der Matte stehen würde.
Als die CD zu Ende gedudelt hatte, stieg Frieda mühevoll aus der Wanne heraus. Ihre Wirbelsäule machte ihr immer mehr zu schaffen. Schwungvoll kippte sie die Falsche Franzbranntwein über ihre Waden und stopfte sich im gleichen Zug noch ein Mon Cherie in den Mund. Noch immer merkte Oma Frieda nichts von ihrer verbrannten Weihnachtsgans im Ofen. Daran war nicht nur der Franzbranntwein schuld, sondern wohl auch ihre verstopfte Nase. Einen Coronatest hatte sie deswegen nicht extra gemacht. Schließlich war es ihr ein viel größeres Anliegen nach so langer Zeit ihre Urenkel wieder zu sehen. Frieda lackierte ihre Fußnägel - knallpink mit lila im Wechsel. Als Frieda aus dem Badezimmer trat, folgte sie den Rauchschwaden. In der Küche japste sie nach Luft. Frieda riss den Backofen auf und holte die kohlrabenschwarze Weihnachtsgans heraus. So ein Pech aber auch. Das Federvieh war sichtlich hinüber. Frieda

überlegte. Der Metzger hatte vor 30 Minuten geschlossen, der Supermarkt ebenso. So schnell würde sie kein Fleischersatz für ihre Gans herbekommen. Der Blick zeigte noch zwei Stunden, die verblieben. Als Frieda die Speisekammer betrat, stach ihr das Nutellaglas sofort ins Auge. Das war die Idee. Frieda balsamierte die verschmorte Gans kurzerhand mit der Nussschokocreme ein. Als Peeling obendrauf verteilte sie die fein zerriebenen Lebkuchenstreusel und in den Schnabel drapierte sie frische Erdbeeren und grüne Weintrauben.
Beim Blick in den Kochtopf mit dem Rotkohl erblickte Frieda das nächste Desaster. Statt lila waren die Kohlfäden dunkelbraun verkocht. Ausgerechnet die Lieblingsbeilage von ihrem Schwiegersohn Franz Xaver war dahin. Weihnachten ohne Rotkohl wäre für Franz Xaver wie für andere ohne Tannenbaum. Frieda manövrierte kurzerhand mühevoll den Mixstab vom Küchenschrank hinunter, pürierte den Kohl zu Mus und färbte das Ganze mit lila Lebensmittelfarbe kräftig ein. Um die Sämigkeit etwas aufzulockern kippte Oma Frieda Adalberts Flasche Gin hinzu. Das musste der Meute einfach schmecken. Ach, und wenn die Kinder davon kosteten, dann würden sie später schon früher schlafen. Nichts für ungut, schließlich wollte Oma Frieda später noch Carmen Nebels Heilig-Abend-Show anschauen. Dabei konnte sie kein Kindergeschrei gebrauchen.
Die letzte Stunde brach an. Der Tisch war noch nicht gedeckt und der Christbaum stand auch noch ungeschmückt im Schuppen. Oma Frieda hievte den Christbaum im Wohnzimmer in den kaminroten Ständer. Im Keller stellte sie fest, dass sie im Jahr zuvor ihren ganzen Christbaumschmuck der Diakonie vermacht hatte. War dies etwa das

Ende von Weihnachten? Als sie im Gewölbekeller den Prosecco fürs Essen holte, entdeckte sie die Sauerkrautkonserve. Volltreffer dachte Oma Frieda und steckte sich die Konservendose in ihre karierte Kittelschürzentasche. Die Sauerkrautfäden erinnerten sie sogleich an die feinen Lamettastreifen von früher. Allerdings ähnelte die Farbe noch nicht dem Lametta von damals, weshalb sie das Sauerkraut auf der Terrasse mit Maya-Gold-Spray einsprühte. Herrlich. Es funktionierte. Das Sauerkraut wurde golden. Mit einer Fonduegabel verteilte sie äußerst sorgfältig die Sauerkrautfäden auf den Ästen der Nordmanntanne. So langsam konnten ihre Gäste und Weihnachten kommen.

Leandra Bulla

Fern

Die Wände sind weiß, gleichen dem Schnee. Die Räume sind kahl, wie die Bäume.
Ich friere. Draußen ist es sicherlich genauso kalt: Die milchigen Fenster beschlagen bald. Besonders die schönen Eiskristalle mustere ich genau, denn die Kunst an diesem Ort ist triefend grau.
Wird der trockene Lebkuchen serviert, und ist er recht wenig verziert, so denke ich mit viel Bedauern an unsere doch so besinnlichen Weihnachtsfeste. Jedes Jahr auf Neue, stets sich an die Traditionen haltend, versammelten wir uns bei den Senioren. Denn Oma und Opa mögen es doch so gern, uns zu bescheren.
Ich versuche mich in diese Momente zurückzuversetzen, trällere ein Weihnachtslied. Und klingt es doch noch so schief, erinnert mich dies umso mehr an den Gesang der Schwester, welche bei Beschwerde nur laut rief: „Halt dir doch die Ohren zu!"
Dieser Gedanke bringt mich zum Schmunzeln, denn schlussendlich versanken wir doch alle in den gleichen Strophen. Wir hielten uns Arm in Arm, auch wenn der Kaminofen bereits genügend Wärme zu spenden vermochte.
Ich streichele mir über den Kopf, umschmeichele meinen Schopf, doch all dies scheint nichts zu bringen. Schließlich ist neben mir immer noch keiner, der mir mit sanftem Eindringen sagt, dass er mich liebt. Und froh ist, dass es mich an einem Tag wie Weihnachten gibt.

Das Naheliegendste fällt mir erst recht spät ein: Eine Grußkarte könnte doch sein. Die Wünsche an Familie, die Begierde nach Liebe, die Trauer über Einsamkeit. All diese Zeilen schreibe ich nieder auf das Stück Pappe, über das ich herzhaft lache, da mich das fröhliche Rentier darauf erfreut.
Abgeschickt muss ich nicht lange auf Antwort hoffen. Schnell halte ich einen tristen Briefumschlag in der Hand, und die Frage kommt auf: Wie entweicht euch an einem bunten Ort wie dem Zuhause die Farbe?
Das darauf Geschriebene erwidert meine herzliche Liebe, doch bringt mich auch zum Stutzen. Schließlich wird nicht von dem Nutzen der Geschenke, von dem eifrigen Putzen nach dem Feiern, oder von dem gerührten Schluchzen der Großmutter geschrieben.
Stattdessen wird sich nach meinem Tagesablauf, oder ob ich noch ein wenig Taschengeld brauch´, erkundigt. Auch wird gefragt, ob dies zu dem Therapiekonzept gehöre: *„Verlier´ nicht das Schöne im Leben aus den Augen"*?
Der eine Satz, welcher offensichtlich versucht lässig abzulenken und das präsente Bedenken zu verstecken, steht ganz unten, am Rand des Briefes: *Aber wie ist es dort sonst so in der Psychiatrie?*
Mein Therapeut erzählt mir anschließend von vergangenen Weihnachtsfesten in der Einrichtung. Er versichert mir gemeinsames Schmücken und das Zusammenrücken. Doch ich friere immer noch.

Ivana Burghardt

Wenn der Schnee leise fällt

Der süße Duft von frisch gebackenen Plätzchen umhüllte mich, als ich durch die kalte, winterliche Luft ging. Überall um mich herum funkelten die festlichen Lichter in den Fenstern wie kleine Sterne und holten den Nachthimmel auf die Erde. Die Luft war frisch und klar, und das leise Knirschen des Schnees unter meinen Schritten trug zu dem Gefühl von Magie und Vorfreude bei. Doch trotz der festlichen Kulisse fühlte ich mich innerlich leer, als würde eine graue Wolke über mir hängen.
Als ich vor Noahs Wohnungstür stand, schlug mein Herz im Takt meiner Hand, und in meinem Magen sammelte sich eine Mischung aus Angst und Hoffnung. Die Kälte biss mir ins Gesicht, und ich zog meinen Schal fester um den Hals, als ob er etwas von der unangenehmen Nervosität fernhalten könnte. Was, wenn er mir die Tür vor der Nase zuschlägt?
Die Tür öffnete sich langsam und ich sah Noah im schummrigen Licht des Flurs stehen. Er trug ein schlichtes graues Sweatshirt, das seine breiten Schultern betonte und ihm ein vertrautes Aussehen verlieh. Er öffnete die Augen, und in diesem kurzen Moment der Stille spürte ich die Spannung zwischen uns — Überraschung, gefolgt von einem Anflug von Wut, der sich in seinen Augen niederließ.
„Was machst du hier?", fragte er mit einer Stimme, die so kalt war wie ein Windstoß, der durch ein offenes Fenster weht.

Ich zögerte, während ich mir die Kälte von den Wangen wischte. „I... Ich wollte einfach nicht allein sein", murmelte ich. „Die Feiertage sind ... schwer ohne Familie."
Er trat zur Seite, und ich spürte, wie die zögerliche Einladung mir half, den letzten Rest meiner Unsicherheit zu überwinden. Drinnen war es warm und einladend, und der Kontrast zu der frostigen Nacht draußen war wie eine sanfte Umarmung. Der Raum war festlich geschmückt, mit einem krummen Weihnachtsbaum in der Ecke, der mit bunten Kugeln und einer Lichterkette geschmückt war. Die Lichter funkelten in einem fröhlichen Rhythmus, und ich fragte mich, wie viel Freude noch in uns war. Aber die fröhliche Stimmung schien im Gegensatz zu der angespannten Atmosphäre zwischen uns zu stehen.
„Ich habe Kekse gebacken", sagte Noah, als er die Küche betrat. Der süße Geruch von Zimt und Schokolade vermischte sich mit dem frischen Duft von Weihnachten und umarmte mich wie eine vertraute Erinnerung. Ein Teil von mir fühlte sich ein wenig mehr zu Hause, aber der Schmerz zwischen uns war spürbar und ließ mich nicht los. „Ich wollte nicht, dass du allein bist", fügte er hinzu, während er mir eine Tasse heiße Schokolade reichte. Unsere Hände berührten sich kurz, aber die Berührung war kühl, als stünde eine unsichtbare Mauer zwischen uns.
„Danke", murmelte ich und senkte den Blick, weil ich seinen Blick nicht ertragen konnte. Ich konnte spüren, wie die Wut in ihm schwelte, wie ein Feuer, das nur darauf wartete, entzündet zu werden. „Es tut mir leid, wie es zwischen uns gelaufen ist."
„Es tut dir leid?" Noah verschränkte die Arme und sah mich an, seine Augen funkelten wie

Weihnachtslichter, nur in einem anderen, helleren Licht. „Es war nicht leicht für mich, das alles zu sehen. Du hast einfach das Handtuch geworfen. Ich dachte, wir wären ein Team."
„Ich weiß, dass ich dich enttäuscht habe", gab ich zu und fummelte an der Schokolade in meiner Tasse herum, als könnte ich das Unbehagen in mir ablenken. „Aber ich fühlte mich so ... allein. Und ich wusste nicht, wie ich mit all dem umgehen sollte. Ich dachte, ich könnte die Dinge allein regeln."
„Das ist das Problem", sagte er, seine Stimme fest und unerschütterlich. „Du hast nie mit mir gesprochen. Du hast alles für dich behalten, während ich hier war, und ich wusste nicht, wie ich dir helfen sollte. Ich wollte für dich da sein."
„Ich wollte dich nicht belasten", murmelte ich, und ich spürte, wie meine Augen feucht wurden. „Ich dachte, ich wäre stark genug, um das alleine durchzustehen."
„Stark zu sein, bedeutet nicht, dass man alles allein machen muss", antwortete er, und ich sah, wie sich sein Gesicht entspannte, als die Wut einem tieferen Schmerz wich. „Ich wollte nicht, dass du das Gefühl hast, du wärst nicht genug. Du bedeutest alles für mich."
„Wirklich?", fragte ich ungläubig, während meine Augen seine suchten.
„Natürlich", erwiderte Noah, wobei seine Stimme jetzt weicher klang, als hätte er den Rand seiner Wut abgerundet. „Deine Eltern mögen nie für dich da gewesen sein, aber das heißt nicht, dass ich nicht für dich da sein kann oder will."
Seine Worte durchbrachen die dichte Stille zwischen uns und gaben mir einen kleinen Hoffnungsschimmer. Ich spürte, wie die Wärme seiner

Stimme langsam die Kälte in mir milderte. „Aber ich habe schon so oft versagt", sagte ich und hielt die Tasse zwischen meinen Händen, als könnte sie mich ein wenig stabilisieren. „Ich wollte nicht, dass du merkst, dass ich schwach bin."
„Du bist nicht schwach", sagte er, und ich sah, wie sich seine Augen weiteten, als wolle er mir das klarmachen. „Und du bist nicht allein - nicht mehr."
Ich holte tief Luft, und das Gefühl, das diese Worte in mir auslösten, war fast überwältigend. Die Tränen, die ich so lange zurückgehalten hatte, brannten in meinen Augen. „Ich habe so lange versucht, stark zu sein, und ich dachte, ich könnte es allein schaffen."
„Aber das musst du nicht", sagte Noah und trat einen Schritt näher. „Ich bin bereit, für dich da zu sein, egal was passiert. Lass uns diese Zeit gemeinsam durchstehen. Ich möchte nicht, dass du diese Feiertage allein durchstehst."
Sein Angebot war wie ein warmer Sonnenstrahl an einem frostigen Morgen. In diesem Moment spürte ich, wie sich die Kluft zwischen uns langsam zu schließen begann. Es war nicht perfekt, aber es war ein Anfang. „Das freut mich", flüsterte ich, und das Lächeln, das sich auf meinen Lippen bildete, war echt.
„Dann lass es uns gemeinsam tun", sagte er und erwiderte mein Lächeln mit einem sanften, ermutigenden Blick. „Wir müssen nur lernen, offen zueinander zu sein. Es gibt keinen Grund, sich zu verstecken."
Draußen fiel der Schnee leise und sanft, während wir in der behaglichen Wärme der Küche saßen – zwei verletzliche Seelen, die sich auf der Suche

nach Heilung befanden, umgeben von der festlichen Magie der Weihnacht.

Derya Demirdelen

Für immer bei dir

„Bist du schon losgefahren?", ertönte die Stimme meiner Mutter über die Freisprechanlage meines Autos. Ich versuchte, meinen Thermobecher mit heißer Schokolade in die Getränkeablage zu stellen, ohne die Augen von der eisigen Straße abzuwenden. Ich fuhr im Schneckentempo durch den Schnee und kniff meine Augen zusammen, in der Hoffnung, dadurch besser sehen zu können. Vergebens.
„Ja, ich bin auf dem Weg, aber es wird wohl doch länger dauern, bis ich da bin. Momentan versuche ich nur, sicher durchzukommen", antwortete ich und schaltete die Sitzheizung an. Ich konnte mich nicht erinnern, wann es an einem Heiligabend zuletzt so kalt gewesen war. Normalerweise flehte und hoffte ich Jahr für Jahr, dass die Wetterfee uns eine weiße Weihnacht bescheren würde, aber am Ende bekam ich oft nur eine regnerische.
„Ok, mein Schatz, dann fahr vorsichtig und wir sehen uns in einigen Stunden. Ich hab dich lieb", sagte meine Mutter.
„Ich dich auch, Mama. Bis später", beendete ich das Telefonat und drehte das Radio auf. Ich liebte Weihnachtslieder. Ich liebte Weihnachten an sich. Die Lichter, die geschmückten Häuser und Straßen, die Bäume, die Geschenke, die Filme, die Musik, das Essen ... Weihnachten war schon seit meiner Kindheit die schönste Zeit des Jahres für mich. Jedes Jahr seit meinem Auszug fuhr ich zu Weihnachten zu meinen Eltern. Normalerweise war dies eine zweistündige Fahrt, doch bei diesen

Wetterbedingungen rechnete ich diesmal eher mit vier. Jedes Jahr verbrachte ich Heiligabend mit meinen Eltern vor dem Kamin, mit einer Tasse heißer Schokolade, selbstgemachten Spekulatiuskeksen und „Kevin - Allein zu Haus" im Fernsehen. Selbst während meines Auslandsjahres in Australien bin ich zu Weihnachten nach Hause geflogen. Wie ich dieses Weihnachten überstehen sollte, war mir jedoch unklar. Die Tage und Wochen vor diesem Weihnachten waren wirklich hart. Jedes Mal, wenn ich daran dachte, bekam ich schwer Luft. Die letzten Monate ging ich wie benommen durchs Leben. Es war, als wäre ich umhüllt von einem dunklen Nebel, dem ich nicht entkommen konnte. Das erste Mal in meinem Leben würde ich meinen Wagen vor dem Haus meiner Eltern parken und nur meine Mutter vor der Haustür stehen sehen. Im Frühling hatte der Krebs meinen Vater nach einem langen Kampf besiegt. Einen solchen Herzschmerz habe ich noch nie erlebt. Ich dachte, ich wüsste, was es bedeutete zu leiden, nachdem meine erste große Liebe mich nach fünf Jahren Beziehung für eine andere verlassen hatte, aber das? Das war um Welten schmerzhafter. Nie wieder würde ich einen Schneemann mit meinem Vater bauen und mit demselben alten Schal und derselben löchrigen Mütze dekorieren. Nie wieder würde ich mit ihm bis spät in die Nacht wachbleiben und Miss Marple-Filme schauen, während meine Mutter bereits tief und fest schlief. Nie wieder würde er mir am Weihnachtsmorgen Kekse und Milch auf den Nachttisch legen, bevor ich aufwachte. Nie wieder würde ich ihm Scherzgeschenke in Form einer hässlichen Krawatte oder eines grässlichen Pullovers überreichen, bevor er sein wirkliches Geschenk erhielt. Nie wieder würde er mir Blumen schenken, wenn

ein Junge mir mal wieder das Herz gebrochen hatte.
Ich kniff mir die Tränen aus den Augen und holte tief Luft, um den Kloß in meinem Hals zu lösen. Die Trauer war wie ein unerbittlicher Begleiter. Einen Tag ging es mir besser, und ich dachte kaum an meinen Vater. Ich konnte manchmal sogar lachen und Freude verspüren und fast vergessen, wie tief der Schmerz ging. Doch an anderen Tagen kam ich nicht aus dem Bett, weil ich so unglaublich traurig war. An solchen Tagen lag ich in meinen dunklen Gedanken gefangen, unfähig, dem Schmerz zu entkommen. Die Trauer kam und ging wie Ebbe und Flut – unberechenbar und überwältigend. Während ich von meinem Kummer verschlungen wurde, schien die Welt um mich herum unberührt.
Als die Dämmerung einsetzte und der Schnee dichter wurde, kämpfte ich mich weiter vorsichtig durch die winterliche Landschaft. Meine Sicht wurde immer schlechter, und ich sah keine Lichter von anderen Autos auf der Straße, also schaltete ich die Nebelscheinwerfer ein. Plötzlich erfasste ich eine Bewegung im Augenwinkel – ein Tier sprang auf die Straße. Instinktiv trat ich panisch auf das Bremspedal und riss das Lenkrad zur Seite. Ein scharfes Quietschen ertönte, als die Reifen den Halt auf dem eisigen Asphalt verloren. Mein Herzschlag hämmerte in meinen Ohren, während das Auto ins Schleudern geriet. Für einen endlos langen Moment schien die Zeit stillzustehen. Der Schnee draußen verwandelte sich in ein weißes, wirbelndes Nichts, das mich umgab. Meine Finger hielten krampfhaft an dem Lenkrad fest, doch es war sinnlos - ich verlor komplett die Kontrolle.

Der Aufprall kam plötzlich. Ein lautes Krachen erfüllte die Luft, als das Auto gegen etwas prallte. Ein dumpfer Schmerz explodierte in meinem Kopf, als ich nach vorne geschleudert wurde. Kälte durchzog meinen Körper, während mein Kopf schwer gegen das Lenkrad sank. Alles verblasste um mich herum und schließlich zog die Dunkelheit mich in ihre Tiefe.
Zuerst spürte ich nur die Kälte, die sich durch meine Kleidung biss. Mein Kopf pochte, als ob jemand mit einem Hammer darauf schlug. Meine Finger, taub vor Kälte, versuchten sich zu bewegen.
Ich versuchte, die Augen zu öffnen, doch meine Lider waren schwer wie Blei. Dann, ganz plötzlich, spürte ich eine Berührung an meiner Schulter. Eine Stimme, erst leise, dann klarer.
„Hallo? Können Sie mich hören? Tut Ihnen etwas weh?" – Wessen Stimme war das? Mein Kopf pulsierte links vorne, und ich war durstig. Als ich langsam die Augen öffnete, lag ich neben meinem Auto im Schnee. Ein Mann beugte sich über mich. War das? Nein, das konnte nicht sein. „Papa?", flüsterte ich. Der Mann sah mich mit zusammengezogenen Augenbrauen an und seine Gesichtszüge wurden klarer. Nein, es war natürlich nicht mein Vater. Doch kurz ... Wie auch immer. Er wandte sich von mir ab, ließ aber seine Hand nicht von meiner Schulter, und rief einem anderen Mann, der die Straße runter stand und telefonierte, zu: „Sie hat ihre Augen geöffnet!" Dann sprach er mich direkt an und fragte: „Wie viele Finger halte ich hoch?"
Ich riss meinen Blick von seinen funkelnden blauen Augen los und starrte auf die Finger, die er hochhielt. Zeigefinger, Mittelfinger und Ringfinger

– drei. „Drei Finger", krächzte ich. Stimmt ja, ich war durstig.
„Sehr gut. Können Sie sich noch daran erinnern, was passiert ist?", fragte er mit besorgtem Ton, während ein kalter Wind durch sein braunes Haar wehte.
„Ja, ein Tier ist plötzlich auf die Straße gelaufen, und als ich versuchte auszuweichen, bin ich von der Fahrbahn abgekommen. Mein Hals ist so trocken. Haben Sie vielleicht etwas zu trinken?", sagte ich und rieb mir erschöpft die Kehle.
Er lief davon und kam kurze Zeit später wieder und reichte mir mit zitternden Händen eine Flasche Wasser. „Ich denke, es ist besser, wenn Sie versuchen, sich aufzusetzen, bevor Sie trinken. Tut Ihnen etwas weh?", fragte der Fremde, während er mir sanft half, mich aufzusetzen.
„Mein Kopf tut weh, aber ansonsten geht es mir gut", sagte ich und fasste mir an den Kopf. Kein Blut. Zum Glück. Ich wollte meiner Mutter keinen zusätzlichen Grund zur Sorge geben.
„Sie haben sich wahrscheinlich den Kopf am Lenkrad gestoßen bei dem Aufprall. Mein Kollege hat bereits einen Abschleppdienst gerufen. Er bringt Ihren Wagen in die nächste Werkstatt. Die Sanitäter werden wohl eine knappe Stunde brauchen bei dem Schnee, falls Sie meinen, dass Sie ins Krankenhaus müssen. Ansonsten würden wir Sie mitnehmen und absetzen."
Ich öffnete die Flasche und leerte sie in wenigen durstigen Schlucken und antwortete: „Nein, nein, ich brauche keinen Krankenwagen. Mir geht es soweit ganz gut. Ich nehme gleich Schmerzmittel und ruhe mich ein bisschen aus. Dann wird es schon wieder gehen. Ich wäre Ihnen sehr dankbar, wenn Sie mich mitnehmen würden. Ich war auf dem Weg

zu meiner Mutter." Der Fremde schaute mich an und lächelte.
Ich nannte ihm die Adresse, und er griff meinen Koffer aus meinem Wagen, sammelte meine Tasche und mein Handy ein. Er reichte mir mein Handy und lud den Rest in seinen Wagen. Dann kam er zurück, half mir auf und setzte mich in den Wagen. Seine Begleitung begrüßte mich: „Moin, ich bin der Jannick."
Ich drehte mich nach hinten zu ihm und antwortete: „Ich heiße Jasmin, freut mich."
Er nickte mir freundlich zu. Dann schaute ich den Fremden neben mir an. „Wie heißen Sie eigentlich?", forschte ich nach.
Er nahm die Augen nicht von der Straße und entgegnete: „Kai."
Mir blieb fast das Herz in der Brust stehen. „Kai …", flüsterte ich, als ein Schauer über meinen Rücken lief. Der Name meines Vaters. Zufall? Oder ein Zeichen? Ich griff nach der Kette, die um meinen Hals hing und umfasste den Anhänger. Mein Vater hatte mir zu letztem Weihnachten diese Kette geschenkt, an der ein kleiner Schutzengel baumelte. Auf der Rückseite hatte er die Worte „Für immer bei dir" eingravieren lassen. Ich bekam Gänsehaut am ganzen Körper und meine Augen füllten sich mit Tränen.
„Vielen Dank, dass Sie beide mich gerettet haben", fügte ich leise hinzu, während mir Tränen über die Wangen liefen und ich in den Himmel blickte. „Frohe Weihnachten, Papa."

Juliane Engels

Weihnachtsfreude im Karton

Grau umfing der Nebel das Haus. Hilde saß in der Küche, es war ein halbes Jahr nach der Flut im Ahrtal. In ihrer Wohnung war alles unversehrt geblieben, aber viele Nachbarn hatten zerstörte Häuser. Manches war anders dieses Jahr und nichts war in Ordnung. Wenn man vor die Türe trat, sah man die Spuren der Flut überall. Aber trotzig standen kleine Weihnachtsbäumchen im Schutt und leuchteten. Nicht perfekt aussehend, aber ein Versprechen an die Zukunft. Hilde weinte immer, wenn sie diese Ersatzdekoration sah.
Heute war Nikolaustag und der erinnerte sie an die schönen Advents- und Weihnachtstage mit ihrem verstorbenen Mann. Dieses Jahr empfand sie nichts und ignorierte diese Zeit.
Es klingelte an der Tür. Der fröhliche Nachbarsjunge John war an die Tür und zeigte ihr stolz die Winterstiefel, die der Nikolaus ihm gefüllt hat.
„Schön", sagte sie etwas uninteressiert.
Er kam öfters vorbei und unterhielt sich gerne mit ihr. Aufmerksam sah er sie an, irgendetwas war anders als sonst.
„Hilde, freust Du Dich nicht auf Weihnachten?"
„Nein, John, dieses Jahr habe ich keine Weihnachtsfreude"
Sie drehte sich um und schloss die Tür.
Er nahm seine Schuhe und ging nachdenklich nach Hause.
„Weihnachtsfreude", neues Wort. Wo bekam man sie her, konnte man sie kaufen, vielleicht in einem

Geschäft im Karton? Oder schicken lassen bei Amazon? Das war spannend.
Er rannte ins Haus und fragte seine Mutter: „Wo kann man Weihnachtsfreude kaufen?"
Seine Mutter lachte: „Die kann man nicht kaufen! Nur fühlen oder Du kannst sie verbreiten!"
„Wie verbreite ich Weihnachtsfreude? Ausbreiten wie das Heu bei den Meerschweinchen? Kann ich die Weihnachtsfreude sehen?"
John fand die Erwachsenen schwierig beim Erklären.
„Nein, das meine ich nicht. Du machst etwas Weihnachtliches und alle freuen sich darüber, so wie Geschenke verteilen, ein Lied singen, ein Gedicht aufsagen. Es klappt nur, wenn man sich darüber freuen kann. Dir fällt schon etwas ein."
Jetzt war es ihm etwas klarer. Singen wollte er nicht, ein Gedicht aufsagen war schon besser, aber Geschenke das Allerbeste. Er beschloss seiner Nachbarin viele Geschenke zu malen. Das Papier konnte man zusammenrollen, mit einer Schleife schmücken, in einen Korb legen und vor die Türe stellen.
John malte viele Tage: Herzen, Nikolaus, Autos, Tiere, Menschen. Als er genug hatte, packte er alles in einen Korb. Die Mutter half ihm, legte ein kariertes Geschirrtuch hinein, Kekse, Tannengrün und ein paar Strohsterne dazu. John schlich sich ganz leise im Dunklen vor die Türe der Nachbarin, klingelte und versteckte sich.
Hilde öffnete die Tür, sah den Korb und wurde neugierig.
Sie sah sich um, aber da war niemand. Sie packte die Geschenke an Ort und Stelle aus. Da schlich sich eine Ahnung in ihr Herz, wer sie überraschen wollte.

„Danke, meine Engel. Ich freue mich." Sie sah sich noch einmal um, keiner zu sehen. Dann ging sie ins Haus.
John freute sich auch. Am nächsten Tag ging er zu ihr und sah alle seine Bilder an einer Schnur hängen, wie eine festliche Girlande, quer durch das Zimmer.
„Hast du jetzt Weihnachtsfreude?", strahlte John.
„Und wie, das war die schönste Überraschung seit vielen Jahren. Ich muss Dich jetzt einmal ganz fest drücken."
Hilde nahm ihn in den Arm und beiden ging es gut.
„Du bist mein liebster Weihnachtsengel und Du kannst viel Weihnachtsfreude verbreiten!"
John strahlte sie an und war zufrieden. Diese Weihnachtsfreude fühlte sich im ganzen Körper gut an und machte glücklich. Das musste er gleich seiner Mutter erzählen. Vielleicht konnte er noch mehr Weihnachtsfreude verbreiten! Sein Kopf summte vor Ideen.

Oliver Fahn

Adrians Reise ins Unbekannte: Weihnachten am Ende der Welt

„Bei Feuerland denke ich an heiße Tage. Und ihr wollt dort Weihnachten feiern?", fragte der neunjährige Adrian mit vollem Mund, während er in der warmen Küche genüsslich an seinem Coup Dänemark löffelte. Schokoladensauce hatte sich großzügig um seine Lippen verteilt, und seine großen, hellblauen Augen leuchteten vor Verwunderung.
Seit seine Eltern ihm von ihrem außergewöhnlichen Reiseplan für den nächsten Heiligabend erzählt hatten, kreisten viele Gedanken durch seinen Kopf. Seine Mama, Hannelore, trat von der Küchenzeile an Adrian heran und umarmte ihn nachdrücklich. Auch wenn er es noch nicht in Worte fassen konnte, taten ihm Umarmungen gut, besonders in Momenten, in denen er sich überfordert fühlte. Um das Eis vor ihren Zärtlichkeiten zu schützen, streckte Adrian seine schokoladigen Hände seitlich von sich.
Hannelore wusste, dass ihr Sohn bald ein Alter erreichen würde, in dem seine fantasievollen Ideen schwinden würden. Wie sehr würde sie diese ungefilterten Fragen vermissen! Bei dem Gedanken bildete sich ein Kloß in ihrem Hals. Sie überließ es Papa Bernhard, zu erklären: „In Tierra del Fuego, unserem Reiseziel, ist es kälter als du denkst. Das ist der südlichste Teil Südamerikas. Es ist kein Ort mit strahlendem Sonnenschein, aber zu Weihnachten ist es dort wärmer als bei uns."

Als Adrians Eis die Konsistenz von Trinkschokolade angenommen hatte, kicherte er und ergänzte: „In Feuerland ist im Winter Sommer, die wärmste Jahreszeit, und dennoch bleiben die Temperaturen meist einstellig. Verrückt, nicht wahr?"
„Gibt es in Südamerika denn wenigstens Lebkuchen und Spekulatius, Zimtsterne und Mandarinen?", fragte Adrian zuversichtlich.
„Andere Länder, andere Bräuche. So ist das, Adrian. Wir wollen das dortige Land und die Leute kennenlernen. Doch hab keine Angst, wir nehmen die traditionellen Leckereien von zu Hause mit."
Hannelore betrachtete, wie liebevoll Bernhard Adrian ansah. Sie reichte ihrem Sohn eine ausgebreitete Serviette, aber seine Versuche, das zerlaufene Eis von seinen Lippen zu wischen, führten nur dazu, dass es sich weiter verteilte und auch Kinn und Nase bekleckerte.
„Hauptsache, wir feiern zusammen, Papa. Den Rest können wir von zu Hause mitbringen", wiederholte Adrian sinngemäß, wie er es oft tat, wenn er sichergehen wollte, dass er alles richtig verstanden hatte. „Vielleicht können wir sogar im Meer baden, wenn du sagst, dass dort im Winter Sommer ist."
„Oh, mein lieber Junge. Wie ich schon sagte, Feuerland ist nicht für seine Wärme berühmt. Selbst im Sommer wirst du Schwierigkeiten haben, über die Knöchel hinaus ins Wasser zu kommen."
Hannelore war so stolz auf die Entwicklung ihres Sohnes und darauf, wie entschieden er seine Anliegen vertrat. Wer hätte das früher geahnt? Papa Bernhard sprach mit Bedacht weiter: „Der Süden Amerikas ist nicht mit der Adria zu vergleichen. Du wirst erstaunt sein, wie viele Menschen im Sommer Mäntel tragen."

Adrian musste allmählich seine Vorstellung vom kommenden Weihnachtsfest korrigieren. Er stellte sich vor, in eine kuschelige Decke eingemummelt zu sein, mit lediglich herausschauenden Händen, die eine Tasse frisch aufgebrühten Kamillentees umklammerten. Vor einem Kachelofen sitzend, die Blicke auf die glühenden Kohlen gerichtet – so sah er sein Fest nun vor sich.
„Wir werden mindestens eine Woche vor Heiligabend anreisen. So wird es dir leichter fallen, dich an die fremde Umgebung zu gewöhnen", versprach seine Mama mit brüchiger Stimme, die ewige Kämpferin für Adrians oft spezielle Belange.
„Um fünf Stunden müssen wir die Uhren zurückdrehen. Und bis zur Antarktis ist es in etwa nur so weit wie von uns nach Spanien.", erklärte sein Papa und fuhr fort: „Kannst du damit umgehen, dass ich dir das so frühzeitig sage?" Adrian musste alles im Voraus erfahren, um sich auf die Pläne einstellen zu können. Die Zukunft war für ihn ein Terrain voller Unsicherheiten, ihm in vielerlei Hinsicht unliebsam wie ein vermintes Feld.
Adrian nickte, obwohl er ein mulmiges Gefühl in der Magengegend hatte. Weit weg von zuhause in einer unwirtlichen Region zu feiern, war nicht das Weihnachtsfest, das er sich gewünscht hatte.
„Was ist denn das Besondere an Feuerland? Warum fahren wir nicht tatsächlich lieber nach Spanien?" fragte er schließlich, so wie Kinder eben fragen, die die Wünsche der Erwachsenen nicht nachvollziehen können.
Hannelore lächelte sanft und trat näher. „Es geht darum, dass wir gemeinsame Zeit verbringen und die verschiedenen Facetten der Welt kennenlernen, mein Schatz. Feuerland hat eine eigene Schönheit, besonders die majestätischen Landschaften und

die frische Luft. Du wirst die unberührte Natur mögen."
Bernhard fügte hinzu: „Und die Tiere! Du wirst Pinguine sehen können. Wer von deinen Freunden kann das von sich behaupten?"
Ein kleiner Funke Hoffnung blitze in Adrians Augen auf. Pinguine! Das klang aufregend. Er konnte sich noch nicht restlos vorstellen, wie es sein würde, aber die Vorstellung, mit seinen Eltern durch schneebedeckte Landstriche zu wandern und möglicherweise sogar ein paar exotische Tiere zu beobachten, brachte ihn aus seiner inneren Unruhe heraus.
„Und was ist, wenn mich friert?", fragte er skeptisch.
„Dann ziehen wir dir eine zusätzliche Jacke an", entschloss Hannelore. „Es gibt keine falsche Kleidung, nur falsche Einstellungen!"
Adrian musste lachen. „Einige meiner Freunde sagen, dass es da gruselig ist, sobald es dunkel wird."
„Das wäre so, wenn wir nicht mitkommen würden", pflichtete Bernhard bei und sah Adrian ernst an. „Aber wir sind dabei. Auf uns kannst du zählen. Wir werden alles gemeinsam erkunden."
Adrian dachte an die Geschenke, die er unterm Baum erwartete, aber jetzt stellte er fest, dass der Gedanke, mit seinen Eltern gemeinsam Abenteuer zu erleben, immer mehr Gewicht bekam. Reichten diese Gedanken aus, um ein neues, besonderes Weihnachtsgefühl zu erschaffen?
„Kann ich in Feuerland einen Schneemann bauen?", wagte er einen Vorschlag.
„Natürlich!", rief Bernhard und klopfte Adrian auf die Schulter. „Wir bauen nicht nur einen einzigen Schneemann, sondern gleich eine Armee an Schneemännern!"

Mit einem Grinsen auf den Lippen und voller frischer Inspirationen befand sich Adrian gedanklich bereits auf dem Weg nach Feuerland.
„Ich bin echt aufgeregt! Wie wird es wirklich sein? Stimmen eure Erzählungen?" Adrian zappelte. Bewegung war für ihn ein Elixier, das seine Grübeleien nicht gänzlich verscheuchte, zumindest aber eindämmte.
„Werter Reisegefährte", ulkte sein Papa. „Noch sind es 364 Tage bis zum nächsten Fest, da haben wir keine Eile." Er winkte mit dem Reiseführer, den Adrian in diesem Jahr vom einheimischen Weihnachtsmann geschenkt bekommen hatte. Vorbereitung war für Adrian alles, auch wenn sie diesmal wahrscheinlich ein wenig verfrüht war.
Draußen schneite es im hiesigen Deutschland in dichten Flocken. Eine Langspielplatte dudelte im Hintergrund in Endlosschleife – Adrians Lieblingsplatte von Chris Rea. Er verlor sich in der Melodie. Als der letzte Akkord verklungen war, gestand Adrian: „Auf das nächste Weihnachten warten fällt mir schwer."
Seine Mama runzelte die Stirn. In manchen Momenten bedauerte sie, dass Adrians Denken anders funktionierte als das seiner Mitschüler. Die Wartezeit war unerbittlich, er konnte sie kaum aushalten.
„Nächstes Jahr ist ein Schaltjahr ...", verbesserte die Mama vorsichtig, dann schluckte sie die zweite Hälfte des Satzes hinunter, um ihn nicht unnötig zu verwirren: „... also sind es genau genommen 365 Tage."
Adrian schaute nachdenklich aus dem Fenster, wo die Schneeflocken leise Richtung Boden segelten. Plötzlich drehte er sich um und sagte: „Mama, Papa, was wäre, wenn wir den Weihnachtsmann in

Feuerland treffen, wenn er dort ein geheimes Lager hat, in dem er sich auf Weihnachten vorbereitet?"
Hannelore und Bernhard richteten erstaunte Blicke aufeinander. „Alles kann geschehen", sagte Bernhard ohne seine Miene zu verziehen. „Vielleicht liegt er irgendwo, erschöpft von seiner Reise und erholt sich neben seinen Rentieren."
„Dann könnten wir ihm helfen, die Geschenke zu verteilen! Und er zeigt uns, wie man in Feuerland Weihnachten feiert", jubelte Adrian.
Hannelore spürte, wie ihre Augen sich mit Tränen füllten. „Das wäre wunderbar, mein Schatz", sagte sie und umarmte Adrian mit dem Nachdruck einer liebenden Mama. „Möglicherweise erleben wir im nächsten Jahr das magischste Weihnachten aller Zeiten."
Adrian nickte eifrig, während seine Fantasie zu wirbeln begann wie die Schneeflocken vor dem Fenster. Die Wartezeit erschien ihm plötzlich kürzer. In Adrians kindlichem Kopf schlug ein neues Kapitel an, Seiten voller Vorfreude auf Entdeckungen.

Anna Fock

Mochi statt Christbaumkugeln

Weihnachten 2023 verbringe ich in Tokyo, Japan. Abseits von deutschen Weihnachtstraditionen. Während ich in Deutschland das Türchen meines Schokoadventskalenders geöffnet und das 2. Lichtlein am Adventskranz angezündet hätte, gehe ich hier meinem regulären Job im Hostel nach. Vormittags putze ich für 3h Bäder, beziehe Betten und wasche Wäsche; nachmittags bin ich an der Rezeption, begrüße neue Gäste und zeige ihnen das Hostel.
An einem freien Nachmittag im Advent gehe ich mit Yuko, einer japanischen Gästeführerin, Käsekuchen essen. Vergleichbar mit dem deutschen Käsekuchen ist er nicht – irgendwie flüssiger und käsiger – lecker aber schon. Yuko erzählt mir von den japanischen Weihnachtstraditionen. Traditionell gibt es einen Weihnachtskuchen mit Erdbeeren und man feiert meist mit dem Partner, hat ein Date oder trifft sich mit Freunden. Ähnlich dem deutschen Silvester. Weihnachten ist ein Brauch, der von Europa herübergeschwappt ist. In einem Shoppingcenter finden wir einen großen, künstlichen Christbaum und die Straßen Tokyos sind mit Lichterketten beleuchtet. Abgesehen davon entsteht wenig Weihnachtsstimmung.
Mit den Gästen aus dem Hostel besuchen wir ein Mochievent. Die Bewohner des Viertels versammeln sich, um abwechselnd auf einen Reisbrei einzuhämmern, damit er Wasser verliert. Die Bottiche aus Holz sind mitten auf der Straße aufgebaut und man benutzt riesige Hammer. Gar nicht so einfach.

Die Mochi werden im Anschluss geformt, mit süßer Rote-Bohnen-Paste bestrichen und warm verzehrt. Dazu gibt es Sake und gute Gespräche mit den Nachbarn.
Am 24.12. wird gewichtelt, was zwar keine japanische Tradition ist, aber von mir und den Gästen als interkulturelles Event organisiert wurde. Jeder besorgt ein Geschenk und am Abend wird übergeben und ausgepackt, sobald der Name gezogen wurde. Klauen kann man auch, jeder einmal. Ein japanischer Hentai – ein pornographischer Anime – ist ziemlich beliebt und wechselt oft den Besitzer. Ich ende mit einer kleinen Geschenktüte, in der sich von Matchaschokolade überzogene Erdbeeren und ein Kartenspiel mit von Hostelgästen signierten Karten, befinden. Eine weitere japanische Tradition: das Weihnachtsessen bei KFC. Zu KFC gehen wir zwar nicht, allerdings wird im Hostel Hühnchen serviert. Als Arbeitskraft bekomme ich die Ehre, eine Rudolphmütze zu tragen, was zu meiner – von der Erkältung immer noch roten Nase – passt und Makoto (der Inhaber) schenkt mir Kuschelsocken. Tags darauf gehen wir zum Weihnachtsmarkt und staunen nicht schlecht über die 10€ Eintrittsgebühr. Neben liebevoll dekorierten Hütten gibt es eine hohe Weihnachtspyramide, ein Käthe Wohlfahrt-Haus und Lebkuchenherzen. Der Glühwein variiert je nach Stand von mittelmäßig bis gut und wir müssen lachen, als wir auf einer Bühne eine Deutsche und einen Japaner den Ententanz tanzen sehen. Trotzdem entspricht der Weihnachtsmarkt in der Nähe von Meiji Jingu am ehesten einem deutschen Weihnachtsmarkt.

Mein erstes Weihnachten fern von zu Hause ist anders und aufregend zugleich. Und eine Sache, die ich sicherlich nicht vermisse und von der ich dieses Jahr verschont bleibe ist der alljährliche Weihnachtsstreit, der mich jedes Mal von einem Weihnachtsliebhaber zum Grinch werden lässt.

Sybille Fritsch

Ankunft

Mir geht ein Licht auf -
die Welt in meiner Hand ist
doch noch zu retten

In dunkler Zeit ein Gedicht-
ich stehe auf und handle

Im Anfang das Wort
Gedicht inmitten der Nacht
auf den Leib gerückt

Nackt im Stall ein Gott
der Armen stellt die Welt vom
Kopf auf die Füße

Jürgen Gabelmann

Santas Weihnachtsgeschenk

Es regnete in Strömen und selbst die Temperaturen, die sich irgendwo im zweistelligen Plusbereich eingependelt hatten, ließen kaum erahnen, dass es Heiligabend war.
Vor dem Eingang eines in die Jahre gekommenen Gebäudes hielt eine schwarze Limousine.
Ein Mann stieg aus, um eilig in Richtung Eingang zu laufen, über dem mit verblasster schwarzer Farbe das Wort Seniorenheim zu lesen war.
Es war der Bürgermeister - ein junger drahtiger Mann im schwarzen Anzug mit Kurzhaarschnitt und Dreitagebart. Er betrat den, im Gegensatz zum Rest des Gebäudes, liebevoll weihnachtlich geschmückten Vorraum.
Zielsicher ging er zur Anmeldetheke, auf der ein paar rote Kerzen vor sich hin loderten. Daneben stand ein prachtvoll geschmückter Weihnachtsbaum.
„Wo finde ich ihn?", fragte er bestimmend die Frau, an der Anmeldung.
Sie war Mitte vierzig, hielt sich aber augenscheinlich immer noch für eine junge Erwachsene: knallrot gefärbte Haare, die zu einem Zopf zusammengebunden waren. Direkt unter dem Zopf war ein kleines Rentier tätowiert. Auf ihren Haaren steckte ein künstliches Stoffgeweih. Die Lippen der Frau waren korallenrot nachgezogen und knapp darüber funkelte ein Stein.
Mit einer Feile versuchte sie ihre ebenfalls in Korallenrot gefärbten Fingernägel in Form zu bekommen.

„Wen suchen sie denn?", fragte sie Kaugummi kauend, ohne nach oben zu schauen.
„Sie wissen doch genau, wen ich suche", blaffte der Bürgermeister ungehalten.
Die Frau fing an „Jingle Bells", dass aus einem Radio ertönte, leise mitzusingen, was der Laune des Bürgermeisters auch nicht dienlich war.
„Wo ich ihn finde, habe ich Sie gefragt?", die Lautstärke seiner Stimme hatte sich deutlich erhöht.
Jetzt schaute die Frau an der Anmeldung hoch, lies entspannt eine Kaugummiblase aus ihrem Mund entstehen, um sie anschließend mit einem Knall platzen zu lassen.
Sie genoss es, zu sehen, wie das Gesicht des Bürgermeisters immer mehr die Farbe ihrer Fingernägel annahm. Dann zeigte sie auf einen Gang gegenüber: „Zimmer 102, dort hinten ..."
Noch ehe der Satz beendet war, rannte der Bürgermeister los, um erst wieder vor dem besagten Zimmer stehen zu bleiben. Er holte tief Luft.
In dem überschaubaren Zimmer stand ein alter Mann am Fenster und blickte in den verregneten Winterhimmel.
Der blaue Freizeitanzug, den er trug, hatte er erst vor kurzem gekauft - er fühlte sich für ihn noch immer ungewohnt an. In seiner Hand hielt er eine Glaskugel. Darin befand sich eine liebevoll gestaltete Winterlandschaft, die er sich wehmütig ansah.
Er fing an, die Kugel zu schütteln, so dass künstliche weiße Flocken das Innere lebendiger machten. Nun lächelte der alte Mann zaghaft.
Selbst als es an der Tür klopfte, ignorierte es dies und ließ seinen Blick nicht von der Winterlandschaft.
Erneut klopfte es an der Tür und dieses Mal heftiger.

„Ich weiß das Sie da sind", die Türklinke bewegte sich nach unten, die Tür blieb jedoch verschlossen.
„Verschwinden Sie", grummelte der alte Mann mit tiefer Stimme.
„Bitte, es ist wichtig."
Der alte Mann senkte kopfschüttelnd und genervt seinen Kopf.
„Na gut. Kommen Sie herein, es ist offen."
Der Bürgermeister drückte erneut die Türklinke nach unten und jetzt öffnete sich die Tür. Er trat ein.
„Wir brauchen Sie", sagte er, um anschließend hektisch in dem Zimmer hin und herzulaufen.
„Ach ja?", der kurze Kommentar des alten Mannes, der immer noch am Fenster stand und dem Bürgermeister den Rücken zudrehte.
„Wir haben ein großes Problem: das neue Elektroauto, das wir gekauft haben. Es ist defekt und liegt am Straßenrand. Wir können die Geschenke nicht rechtzeitig liefern. Sie wissen doch was das bedeutet: eine Katastrophe!"
Der alte Mann schaute sich weiterhin die Winterlandschaft in der Kugel an.
„Haben Sie gehört? Ich rede mit Ihnen."
Nun stellte er die Glaskugel auf die Fensterbank und drehte sich um. „Ich bin zwar alt - wie Sie mir ja letztens unmissverständlich klar gemacht haben - aber nicht taub."
„Sie müssen uns helfen, Santa."
„Warum sollte ich das tun? Sie haben mich hier in das Heim abgeschoben. Etwas Neues braucht die Welt haben Sie gesagt, mit der Zeit gehen müssen wir. Jetzt sehen Sie ja was es bedeutet mit der Zeit zu gehen."
Reumütig senkte der Bürgermeister seinen Kopf.
„Sie haben ja Recht, es tut mir leid."

Santa öffnete die breite Tür seines Kleiderschrankes und fing an, darin herumzuwühlen.
„Was machen Sie denn? Wir haben keine Zeit, bitte kommen Sie und helfen Sie uns. Ich flehe Sie an."
„Einen Moment, ich bin gleich soweit."
Kaum gesagt, schloss er die Tür wieder und stand mit seinem roten Mantel und den schwarzen Stiefeln vor dem Bürgermeister. In seiner Hand hielt er einen leeren Leinensack.
„Fertig", sagte er mit breitem Grinsen im Gesicht und voller Vorfreude auf das, was kam: „Wir können los."
Selbst der zuvor angespannte Gesichtsausdruck des Bürgermeisters war einem Lächeln gewichen.
„Die Mütze - sie fehlt", sagte dieser, während er auf den Kopf von Santa zeigte.
„Oh, Sie haben Recht", Santa schnippte einmal kurz mit seinen Fingern und sein lichtes graues Haar wurde mit einer roten Mütze bedeckt.
„Santa, ich weiß nicht ...", ehe der Bürgermeister den Satz beenden konnte, verließ Santa den Raum.
„Kommen Sie einfach mit, wir haben keine Zeit zu verlieren."
Beim Verlassen des Gebäudes konnte sich die Frau an der Anmeldung nicht verkneifen einen kleinen Seitenhieb loszuwerden.
„Frohe Weihnachten, Santa, schön, dass Sie wieder da sind", sagte sie gut gelaunt. Dann verließen die beiden Männer das Gebäude.
„Dort steht mein Wagen", sagte der Bürgermeister. Santa fing lauthals an zu lachen.
„Warum lachen Sie?"
„Sie glauben doch nicht, dass wir mit Ihrem Wagen fahren?" Santa steckte zwei Finger in den Mund und ließ damit einen lauten Pfeifton entweichen,

der bis in die tiefsten, dunkelsten Wälder zu hören war.
Nur wenige Augenblicke später stand auch schon ein großer Schlitten, gezogen von unendlich vielen Rentieren, vor ihnen. Und in diesem Moment zeigte sich auch der Winter von seiner schönsten Seite und ließ dicke Schneeflocken vom Himmel fallen. Innerhalb kürzester Zeit entstand eine wunderschöne Winterlandschaft.
„Kommen Sie, steigen Sie ein", sagte Santa, der bereits die Zügel in der Hand haltend in dem Schlitten saß.
Der Bürgermeister folgte seinen Worten.
Die Rentiere setzten sich in Bewegung und nach einigen Metern am Boden hoben sie ab in den Winterhimmel.
Santa strahlte freudig, während sich der Bürgermeister krampfhaft festzuhalten versuchte.
„Entspannen Sie sich, es kann Ihnen nichts passieren."
Santa flog eine enge Kurve und erreichte in Kürze das liegengebliebene Fahrzeug.
Am Steuer saß ein ungepflegter, Zigaretten rauchender Typ, der auf seinem Smartphone ein Spiel spielte.
Als dieser Santa in seinem Schlitten am Himmel sah, ließ er vor Schreck sein Smartphone fallen.
„Elektroauto, angeklebter Bart, künstlicher Bauch", Santa schüttelte seinen Kopf, als er die billige Kopie von sich anschaute „das ist nicht das, was die Kinder wollen. Sie wollen den richtigen Santa und den bekommen sie jetzt auch." In Windeseile wurden die Geschenke in die Kutsche umgeladen, der leere Leinensack gefüllt, dann nahm Santa die Zügel in die Hand und flog mit einem

schallenden *HoHoHo* seiner Bestimmung entgegen.

Hartmut Gelhaar

Weihnacht

Es ist die letzte Jahreszeit.
Es sind die letzten Tage.

Was bisher war, das wissen wir.
Was aber wird, bleibt wage.

Und was für uns Erfahrung ist,
schlägt um in Wunsch und Hoffen.

Und auch das Fest der Christenheit,
ist hiervon mit betroffen.

2000 Jahre und noch mehr,
mahnen uns seine Sagen.

Und immer noch fällt es uns schwer,
mehr Freundlichkeit zu wagen.

Beate Gerke

Weihnachtsblues

Die Tage sind nun nass und grauer,
Schwermut liegt schon auf der Lauer.
Wartet drauf mich anzuspringen
und leise wie Nebel einzudringen.
Doch noch halte ich dem entgegen
mit Kerzenschein und Kartenlegen.
Versuche mich der Hektik zu entziehen,
dem Geschenkewahnsinn zu entfliehen.
Mit Plätzchenbacken vertreibe ich mir die Zeit,
der Kamin flackert Scheit um Scheit.
Da klingelt es unerwartet an der Tür.
Wer wagt es zu stören und hat kein Gespür?
Der Nachbar brummig vor mir steht
und fragt, wie es mir eigentlich geht.
Er würd´ meine Schritte im Haus vermissen,
sonst meckert er darüber ganz verbissen.
Ich bin erstaunt, lass ihn aber rein
und schenke uns einen Kaffee ein.
Dabei tauen wir beide langsam auf,
ein interessantes Gespräch nimmt seinen Lauf.
Wir hören gegenseitig aufmerksam zu,
denn keiner trägt des anderen Schuh.
Dabei vergeht die Zeit wie im Flug,
ich fühle mich wieder richtig gut.
Eine gute Nachbarschaft hat begonnen
und der Weihnachtsblues Abschied genommen.

Herbert Glaser

Ein Weihnachtsgruß

Irmgard legte das Besteck neben den Teller und wischte sich mit der Serviette über den Mund. Obwohl sie seit längerer Zeit keinen richtigen Appetit mehr verspürte, zwang sie sich, so wenig wie möglich von den Speisen übrig zu lassen. Das hatte sie ihrem Mann versprochen. Erst in etwa einer Stunde würde Rafael, der Pfleger, das Tablett mit dem schmutzigen Geschirr abholen, ihr eine gute Nacht wünschen, und damit für eine kleine Abwechslung im ansonsten ereignislosen Tagesablauf sorgen. Nicht nur er, sondern alle Angestellten des Altenheims gaben sich wirklich große Mühe mit den Bewohnern, aber ihre Arbeitsbelastung war enorm und Besserung nicht in Sicht.
Irmgard legte die Hände in ihren Schoß und schloss die Augen. Seit drei Jahren war sie nun alleine, nachdem ihr Mann Heinz nach langer und schwerer Krankheit von ihr gegangen war. Besuch hatte sie schon sehr lange nicht mehr bekommen. Es gab keine Verwandten und alle ihre Freunde waren bereits verstorben. Der Wunsch nach eigenen Kindern war ihnen nicht erfüllt worden.
Stille machte sich in dem kleinen Raum breit. Ein Abreißkalender an der Wand zeigte den 24.12. Irgendwann beschloss die daneben hängende Uhr, ein paar Schläge zu tun. Sie war eines der wenigen Dinge, die Irmgard aus ihrem alten Leben mitgebracht hatte und ihr ein winziges Stück Vertrautheit schenkte.
Aus den Augenwinkeln glaubte sie plötzlich, draußen einen vorbeihuschenden Schatten zu sehen.

Sie entriegelte die Bremse des Rollstuhls und fuhr zur Balkontür. Ihr Zimmer lag im zweiten Stock und gestattete den Blick auf eine verschneite Neubausiedlung mit verkehrsberuhigten Straßen und Spielplätzen. Auf dem Boden des Balkons entdeckte Irmgard ein Stück Papier. Umständlich öffnete sie die Tür und rollte hinaus. Mit ihrer von Altersflecken übersäter Hand angelte sie nach dem Fundstück und betrachtete es. Es handelte sich um einen einfachen Papierflieger, der den Weg bis zu ihr gefunden hatte. *Welch netter Zufall*, dachte sie bei sich und wollte ihn schon wieder in die Lüfte entlassen, als ihr an dem kleinen Flugobjekt etwas auffiel. Mit zitternden Händen faltete sie das Papier auseinander und entdeckte einen handgeschriebenen Text.

Hallo lieber Finder. Ich bin Stefanie und zwölf Jahre alt. Leider habe ich seit einigen Tagen eine ansteckende Krankheit und darf deshalb zu Weihnachten keinen Besuch empfangen. Der Arzt hat gesagt, es wird noch einige Zeit dauern, bis ich wieder gesund bin. Meine Eltern versorgen mich natürlich mit allem was ich brauche, aber meine Ver-wandten und Freunde fehlen mir sehr.
Vielleicht bist du auch alleine. Ich schicke dir einen lieben Weihnachtsgruß und hoffe, dass wir unsere Freunde bald wieder treffen können.

Mit feuchten Augen drückte Irmgard den Brief an ihre Brust.

Kurze Zeit später begann es zu schneien und an der Innenseite der Scheibe hinterließen Tränen aus Kondenswasser streifige Spuren.

Als Rafael nachsehen wollte, ob die alte Dame gegessen habe, fand er sie vor mit einem Lächeln auf den Lippen und in einem Zustand, in dem irdische Nahrung nicht mehr nötig war.

Mona Lisa Gnauck

Frostige Hufe

Kalt. Es war kalt. Eiskalt. Bitterkalt. Arschkalt. Einfach kalt. Normalerweise haben wir ein dickes Fell, doch der Chef musste ja unbedingt kurz vor England – noch über der Doggerbank – durch diesen Regenschauer fliegen. Er wird ja auch nicht nass auf seinem neuen Schlitten mit dem großen Verdeck und der Sitzheizung. Alles für den Weihnachtsmann. Dabei sind wir es, die die ganze Arbeit machen. Und was ist der Dank? Wir haben nicht einmal beheizte Geschirre bekommen!
Neben mir klapperte Comet mit den Zähnen. Das Geräusch war fast so durchdringend wie der Hufschlag, wenn wir über Asphalt abheben. Blitzens Schellen klingelten, während er am ganzen Leib zitterte. Wenn wir uns wenigstens etwas bewegen könnten!
„Seid leise!", zischte Rudolf uns von ganz vorne eine Warnung zu, wobei sein Ton verriet, dass er nur mit Mühe sein eigenes Zähneklappern verbergen konnte. Was für ein beschissenes Weihnachten.
Für ungefähr dreißig Sekunden verstummte das Klappern der Zähne und Klingeln der Schellen, nur um im Anschluss noch heftiger einzusetzen. Dieses Mal kommentierte Rudolf unsere körperlichen Reaktionen nicht.
„Wo ist Santa?", fragte Dasher hinter mir ungeduldig.
„Der hat irgendwo Kekse gefunden", kommentierte Prancer griesgrämig. Vermutlich hatte er recht.

Uns stellte nie jemand Kekse hin. Ach was, Kekse! Etwas Heu wäre schon großzügig!
Als Rudolf nach einem missbilligenden Schnauben zu einer seinen Chef verteidigenden Antwort ansetzen wollte, traf plötzlich ein Lichtschein unsere neungeweihige Gemeinschaft. Oh nein. Auch das noch. Mit weit aufgerissenen Augen starrten wir ein kleines, in einer offenen Haustür stehendes Mädchen an. Deswegen hatten wir leise sein sollen.
„Nicht bewegen", flüsterte Dasher und klingelte dabei mit ihren Schellen. Comet konnte sich nur mit Mühe das Lachen verkneifen. Rudolf war vermutlich aschfahl und Donner starrte das Mädchen unverblümt an.
Das gäbe wieder einen seitenlangen Fehlerbericht und eine anderthalbstündige Arbeitsschutzbelehrung. Und das alles, weil unser Dienstherr nicht die paar Kilometer Umweg über Edinburgh nehmen wollte. Wir wären schon rechtzeitig angekommen. Vielleicht hätte er für ein, zwei Kekse weniger Zeit gehabt. Seinen Umfängen würde es nicht schaden. Die Kobolde hatten dieses Jahr schon wieder neue Hosen anfertigen müssen.
„Rentiere?" Das Mädchen, ein in die Jahre gekommenes Plüschtier an den Körper pressend, trat barfuß auf die steinerne Schwelle. Mich fröstelte beim Anblick. Wenn ich mir vorstelle, meine Hufe nicht zu haben ... ich würde mein Haus nie verlassen!
„Rudolf? Plan?", zischte Dancer hinter mir und ich konnte die Nervosität unseres Superstars spüren. Rudolf umgab mehr Mystik, als er wert war. Die ganze Sache mit der roten Nase war menschgemachtes Drama. Seine war nicht röter als die von uns anderen. Zugegeben, er hatte einen ganz

passablen Orientierungssinn, aber das war es dann auch. Führungsqualitäten? Fehlanzeige.
„Da ist ein Kind!", Donners euphorische Stimme hallte von den Hauswänden wider. Blitzens Tritt wich sie dabei ganz gekonnt aus. Das Mädchen kam näher. Donner war die Philanthropin in unseren Reihen.
„Ihr seid die Rentiere des Weihnachtsmanns", stellte das Mädchen fest, doch es war nicht zu sagen, ob sie mit uns oder mit sich selbst sprach.
„Ja!" Donner strahlte das Kind an und Rudolf versank regelrecht im Boden. Das kleine Mädchen mit den kastanienbraunen Zöpfen in dem rosa Pferdeschlafanzug kam auf seinen nackten Füßen noch näher. Sie konnte unmöglich älter als acht sein. War nicht Schlafenszeit? Gott, was gäbe ich für ein Nickerchen!
„Und ihr könnt reden!"
„Natürlich, wir sind ja nicht blöd", kommentierte Dasher, wobei das Klappern seiner Zähne die Satzpausen füllte.
„Ist euch kalt?" Das Mädchen musterte unser armseliges Gespann. Um eine Antwort verlegen, versuchten wir uns wie die frostharten Tiere zu benehmen, die wir eigentlich waren. „Euer Fell ist ja ganz nass. Ihr müsst ins Warme. Kommt! Ich bring euch rein!"
„Das ist lieb von dir, Kleine, aber wir müssen gleich weiter. Du solltest zurück ins Haus", versuchte Rudolf sie barsch abzuwimmeln, doch das Mädchen verschränkte nur stur die Arme. Ich warf Comet einen Blick zu. Das hatte Potential.
„Wenn ihr euch erkältet bekommt niemand Geschenke." Comet kicherte. Die Idee, der Einladung zu folgen, schwirrte durch meinen Kopf. Ich stellte mir ein warmes Zimmer vor und wurde mir der

allmählich in meinen Knochen sitzenden Kälte noch mehr bewusst.
Dasher schien die Situation ähnlich einzuschätzen: „Rudolf, hab dich nicht so. Sie hat uns schon gesehen. Und sie hat recht. Wenn wir noch lange hier rumstehen ..."
Donner wartete nicht auf Rudolfs Antwort. Im Nu hatte sie sich aus ihrem Geschirr geschält und tänzelte um das Mädchen herum. Blitzen folgte ihr und in weniger als einer Minute waren wir alle um das kleine Menschenkind versammelt. Selbst Rudolf legte sein Zaumzeug ab. Wohl aber eher aus Gruppenzwang. Ich konnte ihn schon beim Rapport hören: „Ich bin nur mit, um aufzupassen." Ja, ja. Ihm war kalt und wir wussten es.
Das Mädchen führte, Donner neben sich, unsere Gruppe zu einer großen Doppelgarage, die sie ächzend öffnete, dann winkte sie uns herein. Nur einer der Stellplätze war belegt und so bot der Raum genug Platz für unsere kleine Delegation.
„Wartet!", wies uns das Mädchen an und flitzte ein paar Stufen nach oben ins Haus. Im schwachen Lichtschein einer Partybeleuchtung stehend bemerkte ich, dass wir nicht länger Wölkchen in die Luft bliesen. Vixen legte sich auf den harten Steinboden und seufzte erleichtert, als das Mädchen mit einem Stapel Handtücher zurückkehrte. Ohne zu fragen, warf sie eines über Donner und begann, ihr nasses Fell trocken zu rubbeln. Blitzen folgte. Dann Dasher, Dancer, Comet, Vixen und Prancer. Als sie mein Fell schließlich zerstruppelte, schloss ich begeistert die Augen. Noch nie hatte mich jemand abgetrocknet. Das musste der Zauber von Weihnachten sein, von dem alle Welt parlierte. Mit wohlig kribbelnder Haut beobachtete ich schließlich, wie auch Rudolf dem kleinen Mädchen nicht

länger widerstehen konnte. Auf ausgebreiteten Decken machten wir es uns gemütlich, bekamen Kekse und beantworteten die zahlreichen Fragen des Kindes. Die Kleine lümmelte auf Donners Rücken und strahlte.
„Was ist hier los?"
Meine Mundwinkel verabschiedeten sich nach unten, Rudolf machte einen Satz, der ihn beinahe aus dem Dach der Garage katapultiert hätte, und dem kleinen Mädchen fielen die Augen aus dem Kopf.
Ich fing Comets Blick ein. Er sah wehmütig aus.
„Hatte ich nicht gesagt, ihr sollt auf mich warten?"
Unser Chef klang wütend.
Da überraschte mich das kleine Mädchen aufs Neue: „Und hat Ihnen niemand gesagt, dass Tiere nicht frieren dürfen?"
Donner verschränkte hastig ihr Geweih vor unserer neuen Freundin und wir alle hielten die Luft an, als sich der Blick unseres Dienstherren durch das Mädchen zu bohren versuchte. Doch die Kleine zeigte sich unbeeindruckt. Das wagten nicht mal die Kobolde. Hatten Kinder nicht Angst vorm Weihnachtsmann?
Der Alte warf einen Blick über seine Schulter zu dem einsetzenden Schneeregen auf der Straße, ehe er den Haufen nasser Handtücher in der Ecke neben dem Auto musterte. „Danke." Ein Weihnachtswunder war geschehen.

Danny M. Hügelheim

Im Schatten vom großen roten Mann

Mit weißem Bart, total bemannt
Kugelrunder Leib –
Stramm im roten Gewand
Und bei „Ho-ho...", stets ein
fröhlich-herzlicher Schein

Doch im Stillen unbeachtet
Seine kleinen Wichtelein
Die für ihn das ganze Jahr
Die Produktion hochfahren

Damit zur Weihnachtszeit
Der alte weiße Mann
Den Kindern unzählige
Gaben bringen kann

Arbeitszwang am Nordpollager
Unter dem die Wichtel fröhlich leiden
Sich ihre Körper schinden
In schweißtreibender Akkordarbeit:

„Ihr wollt doch die Kinder
nicht etwa warten lassen"
Summt es hinunter mit warmer
Stimme durch güldene Rohre
Während die Fließbänder schlagen
Und auf Hochtouren fahren

Moralische Kondition' als Arbeitsmotiv
Zum Beweis: Hier ist der Weihnachtsmann

Ein Symbol der Konsumtion
Ausbeutung und Eigentum
In Gewand und Narration
Vom weihnachtlichen Wohlstandsland

Das ist Weihnachten als Lügenfest
– manifestiert und mit System –
Die Emanzipation des Proletariats
Wo fleißige Wichtel schuften
Und der Weihnachtsmann
Den ganzen Ruhm absahnt

Eine Revolution ist nicht geplant
Denn Symbiose hat sich ungeahnt
Schleichend zwischen Produktion
Und freiem Konsum breit gemacht

Das Konsumentenglück
Steht über allem
Selbst über der Freiheit
Vom einzelnen Körperstück

So hat sich etabliert
Eine Geschichte
Vom lieben Mann
Die erzählt, was
nicht sein kann
Ein ganzes Volk von
Weihnachtselfen
hochorganisiert im
grünen Arbeitsgewand

Und überglücklich
Nur zu einem Zwecke:
Den Konsumenten
Zum Weihnachtsfeste
Die materiellen Wünsche
Voll und ganz abzudecken

Dass keiner aufsteht und schreit:
"Erhebet Euch zum Widerstand!
Der Weihnachtsmann ist eine Farce!
Ein alter weißer Mann, der
unseren Ruhm einheimst."

"Er soll von nun an fallen,
vom ho'hen Himmelszelt
mit Rudolph, Donner,
Blitzen und Comet.
Ein Lügner, der
uns das Recht auf ein
körperlich-unversehrtes
Eigentum verwehrt!"

So bleiben die Elfen
Von Jahr zu Jahr im
Schatten vom großen
roten Weihnachtsmann

Und es treibt weiter – den
bloßen Schein zu wahr'n –
eine freundliche Narration
stets die Produktion voran

Um die Ausbeutung zu
vertuschen, wird getauscht
Die Liebe mit Geschenken
Welche die Kinder zum
Gehorsam unter den
Hochmut der Eltern zwingen
Und somit weiterhin künftige
fleißige Konsumenten bringen

Auf dass sich das
Rade im Rade dreht
Und die Wichtel-Elfen im
Arbeitslager gefordert sind
mit Freude zu produzieren
Und den Kindern ihre ersten
Süchte zu finanzieren

Opium fürs Volk:
An einem Tag im Jahr
Wird das Kind zum
Absoluten Konsument
Liebe wird – von
menschlicher Hingabe –
Zum materiellen Geschenk

Die Taufe bringt der
Weihnachtsmann
Mit Blitzen, Rudolph,
Donner und Comet

Er schenkt den Kleinen
Für jedes – als Teil der
produktiven Klasse –
Mindestens ein Paket

Doch ein Armutszeugnis ist, wenn
der Weihnachtsmann dich auslässt
Ausgeschlossen aus der Freude
Gehörst du nicht unter die
reichen und liebenswerten Leute

Denn Geschenke bekommt nur
Wer's auch verdient
Und – als ein gutes Kind –
Unter dem Patriarchale dient

Carola Jun

Einsamkeit in der Heiligen Nacht

Weihnachten kommt, wie jedes Jahr. Die Lichterketten in den Fenstern flackern sanft, und leise Melodien von „Stille Nacht" dringen durch die Straßen, als wollten sie mich wärmen. Doch es sind Lichter, die mir fremd bleiben, und Lieder, die nur in den Ohren anderer ein Zuhause finden, aber Wärme bleibt aus. Nur Kälte füllt diesen Raum. Sie kriecht in die Wände, in meine Gedanken, legt sich schwer auf mein Herz wie alter Schnee auf Dächer, der nicht mehr schmelzen will und alles unter sich begräbt, selbst die leisen Hoffnungen, die längst erloschen sind.

Es ist eine Zeit der Freude, sagt man. Doch diese Freude scheint mich zu meiden, als hätte sie vergessen, dass es mich gibt. Vielleicht hat sie meinen Namen verloren oder ihn einfach nie gekannt. Ich sitze allein am Fenster, sehe den Atem an der Scheibe gefrieren und spüre die Stille, die mit jedem Glockenschlag schwerer wird. Um mich herum ist alles in Bewegung, aber ich bin nur ein stiller Zuschauer, ein Fremder in einer Welt, die mich nicht braucht.

Die Nacht bricht herein, und mit ihr das vertraute Gewicht der Einsamkeit. Ich frage mich, ob jemand dort draußen ist, der mich hört. Ob irgendjemand meine Schreie hört, die lautlos durch die Dunkelheit irren, wie verlorene Seelen ohne Ziel, die nicht einmal wissen, wohin sie gehören. Vielleicht sind

meine Schreie zu leise, zu zerbrechlich, um den langen Weg durch diese Kälte zu finden. Vielleicht sind sie nur ein Flüstern im Wind, verschluckt von der winterlichen Stille, die alles erstickt, wie jede Erinnerung, jedes Versprechen, jede unausgesprochene Bitte. Es gibt wohl niemanden mehr, der sich daran erinnern könnte, dass ich jemals nach ihm gerufen habe.
Draußen tanzen Schneeflocken im Schein der Straßenlaternen. Sie fallen sanft, lautlos, genauso lautlos wie ich. Man sagt, jede Flocke sei einzigartig, doch wenn sie den Boden berührt, ist sie nur noch Teil einer weißen Decke, in der jede Einzelheit verschwindet. Vielleicht ist das unser Schicksal: Zu fallen, in die Dunkelheit, einsam und leise, bis nichts mehr von uns bleibt.

Es ist Heiligabend und ich frage mich, ob irgendwo eine Stimme nach mir ruft. Ob sich irgendwo jemand dieselbe Frage stellt: Hört jemand meine Schreie in der Nacht? Ich habe mir immer gewünscht, dass Weihnachten ein Neuanfang ist, dass das Licht der Kerzen die Schatten in mir vertreibt. Doch stattdessen fühlt es sich an wie eine Erinnerung an alles, was fehlt. An Menschen, die nicht mehr da sind, an Worte, die nie gesagt wurden, an Umarmungen, die nur in Träumen existieren.
Ich warte auf etwas, von dem ich nicht einmal weiß, was es ist. Auf Erlösung vielleicht? Auf einen Funken, der zeigt, dass ich nicht allein bin? Hörst du mein Weinen in dieser Nacht, irgendwo da draußen? Oder bin ich längst vergessen, verloren in einer Welt, die sich weiterdreht, als wäre ich nie gewesen?

Aber die Nacht bleibt still. Und auch ich verstumme, wie ein Lied, das niemals gehört wurde.

Luitgard Renate Kasper-Merbach

Advent

Ein wenig Segen
auf den Weg gelegt

und vor die Türe
mein Erbarmen.

Ein wenig Lächeln
im Wartewind zum Leben,
im Glücksmoment.

Ein wenig atmen
im Sonnenblick
der Weihnacht.

Simone Kirschbaum

Glocken

Ein süßer Klang durchdringt die Weite
und landet mitten in meinem Herzen,
lässt sich dort kurz nieder,
gleich dem sanften Hauch des Windes,
der die Baumwipfel streift.

Leicht schwingend
durchläuft ein zartes Beben meinen Körper,
durchdringt meine Zellen
und erreicht jeden verlassenen Winkel.

Die Glocken läuten,
einem Versprechen gleich,
stehen sie doch für Hoffnung und Zuversicht,
für Glück und Fülle!

Sie rufen uns gemeinsam,
alle Menschen von fern und nah,
um das Wunder
von Jesu Geburt zu feiern.

An diesem Heiligen Abend
lasst uns alle zusammenkommen,
um für Frieden in der Welt
und in unseren Herzen zu bitten!

Lasst uns beten für Hoffnung und Trost
in diesen unruhigen Zeiten
und für die Stärke, unsere nächsten Schritte
in Nächstenliebe zu tun!

Die Glocken begleiten unser Gebet,
bekräftigen unsere Wünsche für eine friedliche Welt.
Sie läuten auch jetzt für Hoffnung und Zuversicht
und für ein gutes kommendes Jahr!

Monika Konopka

Von wegen besinnlich

Der 24. Dezember. 7 Uhr 37. Ich bin so aufgeregt wie lange nicht mehr. Keine Sekunde länger hat es mich im Bett halten können. Noch im Schlafanzug bewege ich mich rastlos wie ein Tiger im Käfig durch meine kleine Wohnung, von einem Zimmer zum anderen. In der rechten Hand das Festnetztelefon, in der linken mein Smartphone. Bereit, jeden Moment den ersehnten Anruf entgegenzunehmen, dem ich so sehr entgegenfiebere. Ich bin angespannt, von den Zehenspitzen bis zu den Haarspitzen. Meinen Blutdruck wage ich erst gar nicht zu messen. Mit Sicherheit jenseits von Gut und Böse. Aber das ist nachvollziehbar. Es ist jetzt noch viel zu früh fürs Christkind. Ich muss Geduld üben. Aber leichter gesagt als getan. Ein Kaffee wäre nicht schlecht. Hunger verspüre ich nicht. Im Gegenteil. Ich könnte jetzt keinen noch so winzigen Bissen hinunterbekommen. Ich schwanke zwischen unbändiger Vorfreude und leichter Besorgnis. Ach was! Es wird nichts schiefgehen. In der Küche deponiere ich beide Telefone auf der Arbeitsplatte. Griffbereit. Meine Hände zittern, als ich die Kaffeemaschine mit Bohnen und Wasser fülle und den Startknopf drücke. Ich wirble zu den Telefonen herum. Sind sie überhaupt richtig aufgeladen? Das Smartphone stecke ich zur Vorsicht ans Ladekabel. Sicher ist sicher. Ich atme tief durch. Alles im Griff. Bis auf den Kaffee, der langsam zu Boden rinnt. Sch..., ich habe vergessen, den Becher unterzustellen.

Sekundenschnell ist die Küche notdürftig gesäubert und neuer Kaffee, dieses Mal gottseidank fehlerfrei, im Becher. Sicherheitshalber kontrolliere ich nochmals die Telefone. Die Ladung des Smartphones beträgt noch nicht das Maximum. Mit dem anderen Telefon in der Hand starte ich wieder meinen Rundlauf durch die Wohnung. Ein Ventil, mich abzureagieren. Die Küchentür lasse ich weit geöffnet. Falls das Smartphone klingeln sollte, ist Schnelligkeit gefragt. Ob andere in meiner Lage auch so agieren? Ein Grinsen überzieht mein Gesicht. Nicht mehr lange, dann habe ich in meiner Wohnung einen Trampelpfad ausgetreten. Die Wohnzimmeruhr zeigt 7 Uhr 54. Das kann nicht richtig sein! Wandere ich nicht seit einer Ewigkeit ziellos von einem Zimmer ins andere? Ich haste in die Küche. Dort die gleiche Zeitanzeige. Ich schüttele meinen Kopf. Unfassbar. Und die Telefone schweigen nach wie vor. Eines von ihnen sollte jetzt aber klingeln! Mein beschwörender Blick bleibt völlig wirkungslos. Leider. Im großen Wandspiegel der Diele sehe ich mir selbst entgegen. Ach, du liebes bisschen! Ich stecke noch immer im Schlafanzug. In dieser Aufmachung kann ich dem Christkind unmöglich entgegentreten. Ich runzle meine Stirn. Was soll´s. Katzenwäsche muss heute reichen. Nicht dass das Wasserrauschen der Dusche mögliche Telefonsignale übertönt. Ich springe förmlich in meine Kleidung. Jeans und Rollkragenpullover. Wahllos aus dem Kleiderschrank gerissen. Ein Ohr ist immer auf das Smartphone in der Küche gerichtet, das andere Telefon ständig in Reichweite. Seit Stunden verspüre ich unsägliches Kribbeln im Bauch. Nichts ist schlimmer, als zum Warten verdammt zu sein. Heißt es nicht, Vorfreude sei die schönste Freude? Was für eine blöde

Weisheit! Ich ertappe mich, ein Weihnachtslied leise vor mich hin zu summen. Ihr Kinderlein kommet, so kommet ...
Ein Signalton ertönt. Ich zucke zusammen. Das Smartphone in der Küche. Ich stürze los. Mit zitternden Fingern öffne ich die WhatsApp. Endlich! Die ersehnte Nachricht. Ich lache und weine zugleich. Freudentränen.
Das Christkind zeigt sich mir mit weit geöffneten Augen. 8 Uhr 33, Mia, 51 cm, 3100 Gramm. Mein erstes Enkelkind.

Lisa Marie Kormann

Winterzauber

Linda sah aus dem Fenster,
da war eine Schneeflocke.
Schön glitzerte die Welt da draußen.
Plötzlich hörte sie ein Klingeln.
Fürs Christkind war es noch zu früh.
Wer konnte das sein?
Es war Franziska, Lindas beste Freundin.
Kam hereingestampft und brachte ein bisschen Schnee mit ins warme Heim.
„Na, komm schnell herein."
Draußen war es kalt.
Winter halt, Weihnachten ist bald.
„Ich hoffe, du magst Schokolade."
Linda fragte: „Kaffee, Tee oder Limonade?"
„Kaffee gerne!"
Franziska betrachtete die Sterne.
Leuchteten hell im dunklen Raum.
Schmücken schön den Tannenbaum.
Draußen wurde es immer dunkler.
Der Baum hingegen strahlte immer bunter.
Gemütlich war es so zusammen.
Aßen Plätzchen, tranken Kaffee.
Freuten uns schon sehr auf Weihnachten.
Und bald war es endlich so weit.
Geschenke lagen unter dem Baum bereit.
Wir blickten nach draußen: „Hurra, es schneit."
Magie füllte den Raum.
Das war kein Traum.
Kerzenlicht ließ unsere Gesichter strahlen.
Dann gab es Bratäpfel mit Zimt und Zucker.

Gemeinsam sangen wir noch einige Lieder.
Das Christkind kam erst nächstes Jahr wieder.
Drum feierten wir noch viel.
Und spielten auch noch ein Spiel.
Der Abend zog uns mächtig in den Bann.
Müde waren wir trotzdem irgendwann.
Schließlich ging auch eine heilige Nacht zu Ende.
Eines Tages kam wieder die Wende.
Die Tage wurden länger und wärmer.
Doch die Menschen hoffentlich nicht ärmer.

Michael Johannes B. Lange

Stern im Zwielicht

„Gibt es denn keinen Weg mehr?", fragte ihre Mutter wieder.
„Nicht nach all dem, was passiert ist!", erwiderte Lisa.
„Dann besuche wenigstens wieder deinen Großvater."
Setze ein anderes Bild anstelle dieses Fotos, das dir nicht aus dem Kopf geht, dachte sie und sah aus dem Fenster. Die weiße Pracht verschwamm zu grauem Matsch.
„Immerhin ist Weihnachten", fügte ihre Mutter hinzu.
„Was du nicht sagst", knurrte Lisa leise.
„Du solltest endlich einmal darüber hinwegkommen."
„Ich sollte so einiges", erwiderte Lisa
„Dann besuche Opa. Wir wissen nicht, wie lange noch ..."
„Als ob man das je wüsste", unterbrach Lisa ihre Mutter.
„Du hast dich verändert, Kind."
„So kann es gehen, nach bestimmten Ereignissen."
„Und wenn du dir Hilfe suchst, jemanden ..."
Wohin konnte sie gehen, an diesen Weihnachtstagen?
„Ich mach es", hörte sich Lisa verkünden.

„Was ist denn passiert?", fragte Lisa die Pflegerin.

„Wir haben die Weihnachtsgeschichte nachgespielt, na ja, wie immer die Texte abgelesen. Er war einer der Könige."
„Aber nicht Herodes?"
„Wenn Ihre Artikel genauso komisch sind wie Ihre Witze …"
„Ja, schon gut. Und dann?"
„Er hat sich zurückgezogen."
„Das ist doch nichts Neues."
„Jetzt nimmt er nicht einmal mehr an den Mahlzeiten teil."

„Großvater?", fragte Lisa, als sie zögernd eintrat, nachdem ihr dreimaliges Klopfen unerwidert geblieben war. Durch die Fenster fiel dunkelgraues Nachmittagslicht auf den Mann im Rollstuhl, der hinausblickte und ihr den gebeugten Rücken zuwandte. Suchst du wieder diesen einen Stern?, wollte sie fragen. Gemeinsam hatten sie in Lisas Kindheit das Firmament abgesucht. Da ist dieser eine Stern, hatte sie bei einem Familienstreit unter dem Weihnachtsbaum gedacht, als ihr Vater noch zuhause gelebt hatte. Unter welchem Stern wird man geboren oder auch nicht? Und unter welchem stirbt man?
„Frohe Weihnachten, Großvater", sagte Lisa.
„Wünsche ich dir auch", erwiderte er leise und drehte sich um. Er hatte schütteres graues Haar und trug die Brille mit schwarzem Gestell Seine Stimme klingt anders, dachte sie.
„Ist alles in Ordnung, soweit?", fragte Lisa.
„Ich kann nicht glauben, dass du so was fragst."
Lisa zögerte. „Die machen sich da Sorgen um dich."
„Im Allgemeinen oder wegen der Weihnachtsgeschichte?"

„Was ist denn passiert?", fragte Lisa ungeduldig.
„Was immer passiert. Ein Kind wird geboren und andere ..."
„Das ist eine andere Geschichte."
„Die eine ist ohne die andere nicht möglich."
„Und was war dieses Jahr anders?"
„Dass ich für eine kurze Zeit Urgroßvater war. Die Erinnerung, dass ich mit meiner Jugend nichts anderes anzufangen wusste, als zu töten. Und dann sah ich."
Ich sah auch, dachte Lisa. „Vielleicht sollte ich gehen."
„Vielleicht solltest du bleiben."
„Warum gerade jetzt?"
„Die Antwort kennen wir doch beide."
Lisa sah. „Weil du es bist."
„Nein, weil wir es sind, Lisa."

Der Sommer, in dem wir in diesen Krieg gezogen waren, schien längst einem anderen Jahrhundert anzugehören. In diesem Winter waren die Fronten erstarrt. Wir waren erstarrt. Wir lebten mit den Ratten, die im Schlaf über uns krochen. Wir fingen Exemplare so groß wie Kaninchen. Und wenn die Pfeife schrillte, kletterten wir aus den Gräben, stürmten brüllend gegen den Feind und vergaßen die Läuse, die auch alltäglich geworden waren. Weihnachten hatten wir zuhause sein sollen. Nun verbrachten wir Weihnachten in den Schützengräben. Wir waren am Ende. Im Anfang aber war das Wort und wurde über jeden Stacheldraht hinweg erhört.
Waffenstillstand! Weil Weihnachten ist! Und siehe, plötzlich waren es keine Feinde mehr, weil wir mit diesem Wort beschenkt waren und uns Geschenke geben.

Sanfter Schneefall bedeckte unsere Uniformen und ließ alle gleich aussehen. Nach Mitternacht kam jemand auf mich zu. Der fremde Kamerad schenkte mir ein Päckchen Tabak. Verlegen gestand ich, dass ich mich nicht revanchieren könne. Doch, das könne ich, sein Freund braucht Hilfe. Ich sagte ja, weil diese Nacht zu uns Ja sagte.

Zitternd kauerte der unbekannte Kamerad in der Ecke des Unterstandes. Es war ein Blick, der weiter sah, als wir es uns vorstellen konnten. Nun fiel sein Blick auf mich.
„Kannst du es auch sehen, mein Freund?", fragte er mich, als wir beide allein waren. „Da!"
Ich drehte mich um. Was ich da sah, verschlug mir die Sprache. Dieses Ding in der Ecke hatte nichts Menschliches an sich, und glich auch keinem Tier. Es ähnelte einem schmelzenden Schneemann. Die tief liegenden Augen glichen glühenden Kohlestücken. Hinzu kam das grausame Grinsen. Dort, wo man eine Nase hatte annehmen können, war eine blutrote Scharte. Es stieß einen Geruch aus, den ich noch nie zuvor wahrgenommen hatte.
„Sie halten mich für verrückt."
„Dann bin ich es auch", sagte ich.
„Wer auch immer du bist, mein Freund. Du bist ein Geschenk Gottes. Allein war dieses Ding kaum zu ertragen."
„Seit wann siehst du das?", fragte ich.
„Seit der letzten Offensive. Seit ..."
Plötzlich fing das Ding an zu lachen. „Ich bringe euch alle um. Ihr macht einfach meine Arbeit. Das habt ihr schon immer, und so wird es auch für immer sein, egal, wann, egal, wo", erklärte es. Mir fiel auf, dass sein, nennen wir es Atem, trotz der Kälte

nicht kondensierte. Außerdem beherrschte es alle Sprachen auf diesem Frontabschnitt. „Ich brauche bloß hier zu sein, damit ihr euch selbst erledigt"
„Sei still!", rief ich, dreimal in drei Sprachen. Dreimal lachte das Ding bloß auf.
„Heute tötet sich niemand."
„Es kommen andere Tage", höhnte es und nannte meinen Namen.
„Woher kennst du meinen Namen?"
„Ich kenne jeden einzelnen von euch. Ich weiß, wann ihr geboren werdet, oder auch nicht, und ich weiß, wann ihr ..."
„Heute ist Weihnachten, heute ist der Krieg ..."
„Nicht überall wissen die Menschen von diesem Weihnachten. Diese stille Nacht bleibt still."
Ich blickte auf meinen Kameraden. „Wir beide und noch mehr werden anderen von diesem Weihnachten erzählen. Geh dahin zurück, wo du hergekommen bist." Wo war dieses Ding bloß hergekommen?
„Ich beantworte deine Frage, die jetzt in deinem Kopf ist."
Dieses Ding konnte also auch Gedanken lesen!
„Schau in den Himmel. Mein Stern ist mächtiger als ..."
„Um dieses Fest werden wir kämpfen."

„Was geschah dann?", fragte Lisa.
„An einigen Frontabschnitten hielt dieser Frieden bis in den Januar. Dann kämpften wir mit neuer Technologie, würde man heute sagen. Das Ding war immer da, mal schwächer, mal stärker. Es hing sozusagen von der Tagesform ab."
„Von deiner oder seiner?"
„Das habe ich mich auch oft gefragt."
„Davon hast du nie erzählt."
„Nein, was hättest du auch von mir gedacht?"

„Wäre auf einen Versuch angekommen", meinte Lisa.
„Den ich jetzt unternommen habe. Wohin gehst du?"
„Noch einmal ins Bad, bevor ich wieder los muss."

Wieder sah sie den Morgen des Ultraschallbildes mit den letzten Augenblicken dieses Lebens und den ersten des Todes. Welcher Tod? Ersticken? Erfrieren? Verbrennen? Verdursten? Ein sanftes Entschlafen? Sie verglich den Blick der Ärztin damals mit dem Teststreifen in ihrer Hand jetzt.
„Sei gegrüßt, Lisa."
„Du hast dir Zeit gelassen." Dieser Geruch, kein Zweifel.
„Du hast dir mit dem Verstehen Zeit gelassen. Ich war immer da und werde immer da sein."
Lisa sah auf den Streifen. „Und ich werde immer kämpfen", sagte sie und legte die andere Hand auf ihren Bauch.

Romy Märtens

Ein kleines Weihnachtswunder

Dicke Schneeflocken fielen auf die roten Dächer in Wichtelhausen. Noch war es früh am Morgen und mehrere hundert Kerzen und Laternen ließen den Ort in einem gedämpften Licht erscheinen.
An Schlaf war jedoch nicht zu denken. Es war der 23. Dezember und die Wichtel trafen aufgeregt die letzten Vorbereitungen für die Festtage.

Der Wichtelchor hatte bereits seine Proben begonnen und fröhliche Weihnachtslieder ertönten im ganzen Ort.
Aus dem Schornstein der Backstube quoll weißer Qualm während im Inneren tüchtig gearbeitet wurde. Der Duft von frischen Plätzchen, Zimt und Karamell lag in der Luft. Eifrig liefen die kleinen roten Mützen zwischen Tischen voller Zuckerschrift und Lebkuchen umher.
Pakete mit Plätzchen wurden in hübsche Schleifen geschnürt, um an Weihnachten in der ganzen Welt verteilt zu werden.

Fridolin, einer der Wichtel, arbeitete das zweite Mal in der Backstube und hatte gerade die letzten Stollen in Puderzucker gewendet. Nun war es Zeit für eine seiner liebsten Plätzchensorten. Die leckeren Mandelkekse hatte er bereits im letzten Jahr gebacken. Zielstrebig suchte er im großen Rezeptbuch neben dem Backofen nach der Zutatenliste. Als er fast alle Zutaten zusammen hatte, fiel ihm jedoch eines auf: Die Mandeln waren leer! Mandelkekse ohne Mandeln, das geht natürlich nicht. Und so machte er sich auf die Suche. Er suchte in dem großen Zutatenschrank, unter den zahlreichen Backtischen, in der riesigen Geschenkehalle – ja sogar im Rentierstall. Aber auch nachdem Fridolin selbst das letzte Eck des Ortes durchsucht hatte, er konnte beim besten Willen keine Mandeln finden. Sie waren wie vom Erdboden verschluckt.

Für manche mag die Bedeutung dieser Plätzchensorte sonderbar sein. Für die Weihnachtswichtel war es jedoch wichtig zu Weihnachten alle Kleinigkeiten bis ins letzte Detail vorbereitet zu haben. Erst die ganzen schönen Kleinigkeiten machten das Fest ihrer Meinung nach zu etwas Besonderem, Magischem. Und was wäre ein Weihnachtsfest ohne Fridolins Lieblingskekse?
Es war zum Verzweifeln. In seiner Ratlosigkeit wandte sich Fridolin an den Backmeister. Dieser hatte eine Idee – Fridolin könnte im Nachbarort in der Bäckerei nachfragen, ob diese Mandeln abgeben könnten.

Es gab da jedoch einen Haken an der Sache. Die nächste Bäckerei war mindestens zwei Rentierstunden entfernt und alle anderen Wichtel waren fest in die Weihnachtsvorbereitungen eingeplant. Fridolin war hin und hergerissen. Alleine auf einem Rentier? Ob er sich das zutraute? Andererseits war morgen bereits Heiligabend. Mutig entschloss sich Fridolin, die kleine Reise auf sich zu nehmen.

Ein Rentier war schnell gefunden und gesattelt, sodass er bereits nach kurzer Zeit den Ort rittlings im tiefen Schnee verlassen konnte. Mit großem

Rucksack auf den kleinen Schultern und einer Karte in der Hand machten sie sich auf in die weiße Welt.

Der Weg war wahrlich beschwerlich und anstrengend. Am Horizont erschienen nach langer Zeit endlich die weißen Dächer, eingehüllt in dicke Schneedecken.
Doch bevor Fridolin sein Ziel erreichte, traf er auf einen alten Mann am Wegrand. Er hatte einen langen, silbrigen Bart und eine spitze Nase auf der eine kleine Brille saß, über die er missmutig hinwegschielte.
Welchen Grund gab es am Tag vor dem Heiligen Abend so griesgrämig dreinzuschauen? Fridolin sprach ihn an. Vielleicht war er einsam? Suchte er nach einer Wegbegleitung?
Nach kurzem Zögern erzählte der Mann, was ihn bedrückte. Er war auf dem Weg zu einem Familientreffen und hatte seinen großen schwarzen Hut verloren. In seinen Kreisen war es jedoch üblich, diesen zu festlichen Anlässen zu tragen. Außerdem fror er so fürchterlich an den Ohren. Wie zur Bestätigung seiner Worte zog in diesem Moment eine weitere, kalte Schneeböe um ihre Ohren. Beide erschauderten, als die eisigen Flocken auf ihre Haut trafen. Fridolin hatte Mitleid mit ihm. Er hatte nur die Mütze die er trug und diese war ganz bestimmt kein schwarzer Hut, doch sie wärmte ihn. Selbstlos setzte er sie ab und reichte sie dem alten Mann. Dieser bedankte sich mit einem breiten Lächeln, dem bereits einige Zähne fehlten. Er fragte wie er seine Schuld begleichen könnte, doch Fridolin lehnte dankend ab.

Nicht lange nachdem der alte Mann am Wegrand hinter ihnen verschwand, erreichte Fridolin etwas durchfroren den Ort. Umso glücklicher war er, als er die Bäckerei betrat. Warme, duftende Luft schlug ihm entgegen. Nachdem er seinen Rucksack mit Mandeln gefüllt hatte, machte er sich auf den Rückweg.
Am Horizont senkte sich bereits die Sonne und die letzten Strahlen kämpfen sich durch die Zweige. Vielleicht war auch die Dämmerung der Grund, dass das Rentier plötzlich auf dem eisigen Weg ausrutschte und wegknickte. Schlitternd und knirschend stürzten sie zu Boden. Während Fridolin sich schnell aufrappelte und erholte blieb das Rentier jedoch verletzt vom Sturz liegen. Eine der hinteren Hufen stand in einem unnatürlich schrägen Winkel ab. Da sie keine andere Wahl hatten als irgendwie nach Hause zu humpeln, versuchte Fridolin das Rentier zu stützen. Mit seinem zierlichen Körper hatte er jedoch kaum eine Chance. Erschöpft gaben sie nach wenigen Metern wieder auf. Fridolin überlegte bereits wie sie die Zeit bis sie jemand finden würde im Wald verbringen könnten, als er ein Knacken hörte.
Was das nur war? Angst machte sich in seinem kleinen Körper breit. Mit rasendem Herzen blickte er sich suchend um. Doch er sah nichts. Er blickte nochmals umher. Immer noch nichts. Plötzlich stand der alte Mann von vorhin neben ihnen. Wo dieser nun herkam und was er dort wollte? Irgendwie war er Fridolin unheimlich.
Nach einigen Sekunden der Stille räusperte er sich. Fridolin zuckte erneut zusammen. Doch dann fragte er sie, ob er ihnen helfen könnte. Fridolin nickte und atmete erleichtert aus. Ehe er sich versah stand der alte Mann zwischen ihm und dem

Rentier. Grübelnd sah er das Tier an und murmelte einige mystische Worte. Fridolin konnte nicht sehen was genau geschah, aber nach kurzer Zeit stand das Rentier wie von Zauberhand wieder neben ihm. Es wirkte so, als wäre es nie verletzt gewesen. Ehe er nochmals blinzelte und nachfragen konnte, war der alte Mann schon wieder im Wald verschwunden. Merkwürdig. Äußerst merkwürdig, dachte er sich und war gleichzeitig sehr dankbar.

Spät am Abend betraten die beiden schließlich den Ort. Vertrautes Licht schien durch die Fenster, als Fridolin das Rentier in den Stall zurückbrachte. Die Tür zu Bäckerei knarrte laut in den stillen Abend, als er sie aufstieß. Müde, aber glücklich machte er sich an die Mandelkekse und mischte Mehl, Zucker und Mandeln bis spät in die Nacht.

Der Tag des Heiligen Abend brach an und alle Wichtel wuselten noch einmal wild umher. Als dann aber auch die letzten Geschenke verteilt waren und die ganze Arbeit hinter ihnen lag, trafen sich die Wichtel unterm großen Weihnachtsbaum. Sie genossen bei Kerzenschein und Keksen den schönen Abend. Genüsslich biss Fridolin in einen seiner Mandelkekse und lächelte dabei. Ja, es waren die kleinen Dinge, die jeden Tag zu etwas Besonderem machten. An diesem Abend nahm er sich ganz fest vor, diese Magie in seinem kleinen Herzen weiterzutragen. Vielleicht lässt sich genau deswegen hoffen, dass Fridolin noch so einige kleine oder große Wunder erleben darf.

Stefanie Maurer

Stille Nacht war gestern

Weihnachten. Das Fest der Liebe, der Freude und ... ach, wem mache ich was vor? Ich sitze allein in meiner Wohnung, eingemummelt in meine Decke, die Füße auf dem Couchtisch, vor mir eine halb leere Flasche Rotwein. Im Hintergrund läuft der Fernseher. Ein Klassiker, den ich schon hundertmal gesehen habe, aber irgendwie passt er zu meiner Stimmung.
Kein Tannenbaum, keine Lichter, keine Kerzen. Nur ich und mein leises, selbstgewähltes Elend. So habe ich mir das vorgestellt. Endlich mal ein Weihnachtsfest ohne den ganzen Zirkus. Ohne Familienessen, Pflichtbesuche, Smalltalk mit Verwandten, die mich nur einmal im Jahr sehen und fragen, wie es ›bei der Arbeit‹ läuft. Genau so wollte ich das. Stille Nacht deluxe.
Es klingelt.
Ich tue so, als hätte ich es nicht gehört. Vielleicht war es ja nur der Wind. Oder ein Paketbote, der sich in der Straße geirrt hat. Demonstrativ schaue ich in eine andere Richtung, nur nicht zur Tür. Aber es klingelt schon wieder. Lauter. Aufdringlicher.
„Verdammt", murmle ich und schleppe mich widerwillig zum Eingang. Wer auch immer das ist, er oder sie zerstört gerade den Höhepunkt meiner Einsamkeitsperformance. Ich reiße die Tür auf und starre direkt in das grinsende Gesicht von Tante Helga.

„Fröhliche Weihnachten, mein Schatz!", ruft sie, als wäre es das Normalste der Welt, unangekündigt am Heiligabend aufzukreuzen. Hinter ihr steht Onkel Rolf, mit einem riesigen, hässlich verpackten Geschenk unterm Arm, das aussieht, als hätte ein Eichhörnchen daran genagt. Beide strahlen mich an und sind offenbar der Meinung, den Preis für die besten Verwandten des Jahres gewonnen zu haben.
„Helga, Rolf. Was für ei... eine Überraschung." Wohl oder übel versuche ich, mein Gesicht zu etwas zu verziehen, das entfernt an ein Lächeln erinnert. Es gelingt mir nicht.
„Na, wir dachten, du könntest etwas Gesellschaft gebrauchen." Helga schiebt sich ohne zu fragen an mir vorbei ins Wohnzimmer. Ich bleibe einen Moment wie versteinert stehen. Was ... was zur Hölle?
„Wir wissen ja, dass du es an Weihnachten nicht so mit dem großen Trubel hast", setzt Rolf nach, als er ihr folgt und dabei den Teppich mit seinen schneebedeckten Schuhen ruiniert. „Dachten, wir machen's mal gemütlich. Ganz klein."
Klein? Die beiden? Die könnten nicht leise sein, wenn ihr Leben davon abhinge. Und jetzt stehen sie mitten in meinem Wohnzimmer, umgeben von einer Aura aus Glühwein, Zimt und einer Art aufdringlicher Fröhlichkeit, die mir seit Jahren auf die Nerven geht.
„Äh, habt ihr denn nichts – anderes vor?", frage ich, in der vagen Hoffnung, dass sie vielleicht noch woanders hinmüssen. Vergeblich.
„Ach, weißt du, die Kinder sind dieses Jahr alle unterwegs. Dachten, das wär doch eine schöne Gelegenheit, mal mit dir zu feiern!", sagt Helga und fängt schon an, mein Sofa neu zu arrangieren, als wäre sie eine verdammte Innenarchitektin.

Ich starre in mein Glas. Das sollte mein Abend werden. Allein. Still. Melancholisch. Und jetzt? Jetzt habe ich die Weihnachtsoffensive 2.0 in meiner Wohnung. Ich setze mich aufs Sofa, das nun in einem seltsamen Winkel zum Fernseher steht, und beobachte, wie Helga meinen Weinvorrat entdeckt. „Oh, du hast ja gar nichts Festliches hier." Kopfschüttelnd sieht sie mich an, als sei ich ein Schulkind, das ohne Hausaufgaben zum Unterricht kommt. „Keine Sorge, ich hab vorgesorgt." Im Nu zieht sie eine Thermoskanne aus ihrer übergroßen Tasche und hält sie in die Höhe, stolz wie die Frau von Oskar. „Selbstgemachter Glühwein! Mit einem Schuss extra Rum, so wie du's magst!"
Ich mag das nicht. Aber wer fragt mich schon?
Onkel Rolf hat inzwischen das hässliche Geschenk unter den Baum gelegt. Nein, falsch, ich habe ja keinen Baum. Also liegt es jetzt mitten im Wohnzimmer und zerstört die ganze Ästhetik meiner Verweigerung.
„Soll ich das gleich aufmachen?", frage ich sarkastisch.
„Nur zu, mein Junge! Wir haben uns da was Schönes für dich ausgedacht." Rolf seinem Blick nach zu urteilen hat er das Geheimnis des Lebens in Geschenkpapier verpackt.
Ich reiße das Papier auf, während Helga im Hintergrund Weihnachtslieder summt. Was auch immer in diesem Paket ist, es kann die Situation nicht schlimmer machen.
Falsch gedacht. Es ist eine Lichterkette. Eine blinkende, grellbunte Lichterkette.
„Dachten, das bringt ein bisschen Stimmung in die Bude", erklärt Rolf und reißt sie mir wieder aus der Hand. „Warte, ich helfe dir beim Aufhängen."

Bevor ich auch nur Nein sagen kann, befestigt er schon die ersten Lichter am Fensterrahmen. Ich sitze da, starre auf das blinkende Ungetüm und frage mich, wie schnell man sich wohl einen Fluchtplan zurechtlegen könnte.
Helga reicht mir eine dampfende Tasse Glühwein und stellt sich neben mich. „Weißt du, Weihnachten ist doch viel schöner, wenn man zusammen ist", sagt sie und lächelt mich mit einer Herzlichkeit an, die mir fast ein schlechtes Gewissen macht.
Fast.
Ich nippe an der Tasse. Der Rum brennt angenehm, und in einem Anflug von Resignation lehne ich mich zurück. Es hätte schlimmer kommen können, rede ich mir ein. Sie hätten auch noch Carol-Sänger mitbringen können.
Und so sitzen wir da. Helga singt leise „O du fröhliche", Rolf kämpft mit dem Lichterkettensalat und ich … ja, ich trinke meinen Glühwein. Und irgendwie, ganz tief in mir drin, spüre ich etwas, das ich schon lange nicht mehr gefühlt habe.
Nicht Freude. Aber auch nicht das übliche Weihnachtsgrauen.
Vielleicht … ja, vielleicht wird es doch nicht ganz so schlimm.

Karlo Meinolf

Paulchens Weihnachten

Paulchen, ein schon etwas älterer Schnauzer-Mischling, ist schon ganz aufgeregt, weil heute ein ganz besonderer Tag ist: Seine Besitzer nennen es „Weihnachten". Obwohl ihm die Bedeutung des Festes nicht ganz geläufig ist, weiß er, dass es eine besinnliche Zeit, fröhliche Gesichter und vor allem, viel gutes Essen bedeutet. Auch wenn es über die Jahre schon mehrere Weihnachtsfeste gab, gab es jedes Mal etwas Neues und Spannendes zu entdecken, vor allem unter dem Tannenbaum, den seine Besitzer jedes Jahr in die Stube stellen und mit bunten Kugeln, glitzernden Girlanden und einer Lichterkette dekorieren. Die Lichter reflektieren auf den blank polierten Holzboden und das warme Glühen der Kerzen schafft eine magische Atmosphäre, die den gesamten Raum in eine gemütliche Weihnachtswelt verwandelt.

Unter dem Tannenbaum werden auch jedes Jahr die bunten Päckchen in allen möglichen Farben und Formen verstaut, die sehnsüchtig darauf warten ausgepackt zu werden. Er selbst war vor Jahren auch eine Art Päckchen und hatte mit einer roten Schleife um den Hals, ebenfalls unter dem Baum gewartet. Selbstverständlich nicht in einer Schachtel, sondern in einem Körbchen, welches für ihn damals noch ein wenig zu groß war, heute aber genau die passende Größe hat. Sein Besitzer hatte ihn aus einem Tierheim geholt, an das

Paulchen sich nicht gerne zurückerinnert und glücklicherweise auch nicht mehr alles genau von weiß. Jedenfalls ist er mit dem Besitzer damals nach Hause gefahren und wurde von ihm liebevoll in das Körbchen gesetzt und vorsichtig unter den Baum geschoben. Zum Glück waren die Tannennadeln noch etwas über seinen Kopf, sonst hätte die ihn sicher in seine Ohren gepiekt.

Er musste seinem Besitzer versprechen ganz ruhig im Körbchen sitzen zu bleiben und keinen Mucks von sich zu geben, um die Überraschung für die Besitzerin nicht zu verderben. Auch wenn es ihm äußerst schwerfiel und er sich mehrmals zusammenreißen musste, auch nicht nur das kleinste Fiepsen von sich zu geben, hatte er durchgehalten, bis ihn die Besitzerin endlich unterm Baum entdeckt hatte. Dann gab es aber auch kein Halten mehr. Das Schwänzchen wedelte unaufhörlich und seine neue Besitzerin nahm ihn sofort auf den Arm, um mit ihm ausgiebig zu schmusen und sich von ihm abschlecken zu lassen. Es war Liebe auf den ersten Blick. Paulchen erinnert sich oft an diesen Moment zurück, wenn er die vorweihnachtliche Hektik spürt. Es bringt ihm immer ein warmes Gefühl im Bauch, zu wissen, dass er so geliebt wurde und wird.

Seitdem sind viele Jahre vergangen und noch immer sind alle glücklich, einander zu haben. Aber nochmal als Geschenk unter den Baum? Nein, dafür war Paulchen inzwischen zu alt. Vermutlich würde er beim Warten einschlafen und die große Überraschung verpassen, oder schlimmer noch: Er würde im Schlaf anfangen zu pupsen und dann wäre die ganze schöne Weihnachtsstimmung dahin. Nein, nein. Dafür sind die bunten Päckchen schließlich da, dass er nicht mehr als Geschenk dienen muss.

Während Paulchen sich glücklich an die vergangenen Weihnachten erinnert, sind seine Besitzer fleißig dabei, den Esstisch festlich zu decken. Jedes Jahr sind die Nachbarn aus der näheren Umgebung eingeladen, die dann mit den Besitzern zusammen essen. Dies gehört seit jeher zu den Traditionen an Weihnachten, ohne die es kein richtiges Weihnachten wäre.

Dafür, dass Paulchens Besitzer ihre Wohnung zur Verfügung stellen, bringen die Nachbarn im Gegenzug das Essen mit. Meistens kommt dabei viel zu viel zusammen, sodass auch für Paulchen eine große Portion dabei ist. Angefangen bei geräucherten Mettwürsten, Schinken und Braten, über Klöße, Kartoffeln und Püree, bis hin zu Nudelsalat, Rotkohl und Sauerkraut. Die Menschen gießen sich dabei noch verschiedene Soßen wie Braten-, Rotwein- oder Orangensoße über die Beilagen, aber das ist nichts für Paulchen. Vor einigen Jahren hatte er mal ein wenig von der Bratensoße gekostet, die ihm überhaupt nicht geschmeckt hat – auch wenn sie sehr lecker riecht. Wenn er Fleisch und Klöße bekommt, was sein absolutes Lieblingsweihnachtsessen ist, ist er schon überglücklich und meistens zügig pappsatt.

Wenn alle gut gegessen haben und satt sind, gehen Paulchen und sein Besitzer zu einem kurzen Verdauungsspaziergang nach draußen, während die anderen die Reste vom Essen in die Küche räumen. Sobald sie vom Spaziergang wieder da sind, geht es für Paulchen ohne Umwege in sein warmes Körbchen, um die kalten Pfoten aufzuwärmen. Sein Besitzer bekommt zum Aufwärmen meistens einen von den Nachbarn selbstgemachten Beeren- oder Nussschnaps. Was daran so besonders ist, weiß Paulchen nicht, aber sie riechen immer sehr gut.

Nach dem Schnaps wird dann gesungen. Paulchen findet es schön, dass wenn einer ein Lied anstimmt, die anderen sofort mit einsteigen und alle gemeinsam harmonisch singen. Am meisten mag Paulchen „Stille Nacht" und „Rudolph, the Red-Nosed Reindeer". „Stille Nacht" unterstreicht das Ambiente eines verschneiten Weihnachtsabends bei Kerzenschein perfekt, und bei „Rudolph the Red-Nosed Reindeer" kann Paulchen gar nicht anders, als freudig mit dem Schwänzchen im Takt zu wedeln.

Wenn es dann schon sehr spät ist, fast schon Mitternacht, brechen die Nachbarn wieder auf. Alle werfen sich in ihre Mäntel, setzen ihre Mützen und Hüte auf und verabschieden sich. Selbstverständlich auch bei Paulchen. Da wird nochmal gekrault, gestreichelt und auch das eine oder andere Pfötchen gegeben, gefolgt von Paulchens zwei liebsten Worten auf der Welt: „Frohe Weihnachten!"

Oliver Meiser

Der vergessene Stern

Fritz war traurig. Weihnachten war vorbei, Silvester und Dreikönig auch, und vor zwei Tagen hatte die Schule wieder begonnen. An jenem Montagvormittag hatte Fritz' Mutter den Weihnachtsbaum abgeschmückt und ihn hinaus in den Garten geworfen, damit Vater ihn zersäge und verheize. Auch hatte sie alle Strohsterne von den Fenstern genommen und sämtliche Kerzen weggepackt. Und als Fritz am Mittag nach Hause gekommen war, erinnerte plötzlich nichts mehr an die schöne und gemütliche Advents- und Weihnachtszeit. Jetzt würde es lange dauern, bis die Wohnung wieder festlich werden sollte und die Eltern den Osterschmuck herausholten. Ebensolange würde es dauern, bis Fritz wieder Ferien bekäme, von einigen Tagen um Fasching abgesehen. Missmutig streifte Fritz nun draußen herum, denn seine Mutter hatte ihn, nachdem er mit den Hausaufgaben fertig gewesen war, regelrecht hinausgeworfen. Er würde sonst krank werden, wenn er nie an die frische Luft ginge und nur noch auf dem neuen Handy, das ihm seine Patentante jetzt zu Weihnachten geschenkt hatte, „herumdaddele".
Fritz hatte sich zunächst gesträubt, nach draußen zu gehen, denn es war nasskalt und ungemütlich. Aber jetzt kamen ein paar Schneeflocken vom Himmel getanzt. So sehr er sich einerseits darüber freute, dachte Fritz andererseits: „Typisch! ..."
Denn die ganzen Weihnachtsferien hatte es nicht geschneit. Stattdessen war es warm wie im

Frühling gewesen – Weihnachtstauwetter, wie es die Erwachsenen nüchtern nannten. Und natürlich jetzt, wo Fritz wieder in die Schule musste, kam der Schnee! Es war auch sicher wie das Amen in der Kirche, dass der Schnee bis zu den freien Tagen an Fasching wieder tauen würde. An Ostern hingegen, wenn ihn dann schließlich keiner mehr wollte, würde man die Eier dann gewiss im Schnee suchen. Ob es überhaupt in den nächsten Jahren noch vernünftig schneien würde? Ja, der Klimawandel! Und Vater hatte gesagt, dass sie heuer nicht in die Berge zum Skifahren würden fahren können, weil alles so teuer geworden sei und sie in der Firma wieder keine Gehaltserhöhung bekommen hätten ...
Verärgert kickte Fritz die zerfetzten Reste einiger Silvesterknaller über den Gehweg. Daraufhin querte er den Park, in dem der Schnee auf den Rasenflächen nun sogar schon liegenblieb. An der Kirche montierten Arbeiter mit orangefarbenen Kitteln und Kranwagen die Weihnachtsdekoration und die großen Christbäume ab. Wehmütig sah Fritz eine Weile zu. Währenddessen setzten sich die Schneeflocken auf seine Alpaka-Mütze, die ihm sein Großvater einmal von einer Reise aus Peru mitgebracht hatte.
Irgendwie fand Fritz es ungerecht, dass man die schönen Tannenbäume erst absägte, dann aufwendig dekorierte und in Liedern besang, um sie anschließend so lieblos auf die Straße zu werfen. Vor vielen Häusern lagen jetzt die Christbäume. Die meisten Leute ließen den ausgedienten Weihnachtsbaum von der Grünmüllabfuhr der Gemeinde abholen. Fritz´ Vater verheizte wenigstens das Holz noch, auch wenn Nadelholz an sich nicht in den Kachelofen sollte, aber solange es nur die

paar Stücke vom Christbaum waren, konnte man sie ab und zu unter das übrige Brennholz mischen. Und die kleineren Zweige deckte Mutter auf die Blumenbeete.
Plötzlich hörte es auf zu schneien. Die triste Wolkendecke riss nun auf und sogar ein paar Sonnenstrahlen fanden ihren Weg in die traurige Nachweihnachtskulisse. Da sah Fritz in einem der herausgeworfenen Weihnachtsbäume etwas glitzern. Er ging hin, um zu untersuchen, woher das Glitzern rührte und entdeckte dabei unter den stacheligen Nadelzweigen einen wunderbaren, reichlich mit Goldfäden verzierten Strohstern. Er war recht groß und sorgfältig gearbeitet. Auch sah er aus, als hätte man Herzen in ihn hineingeflochten. Diesen schönen Stern musste doch glatt jemand beim Abschmücken völlig übersehen haben!
Fritz nahm den Stern und lief damit nach Hause. Dieses Prachtstück durfte keinesfalls im Müllwagen oder auf der Gründeponie landen! Daheim angekommen, befestigte Fritz ihn sogleich an dem kleinen Fenster seines Zimmers, das hinaus zum Garten wies. Dieser Stern, so beschloss Fritz nun, sollte sein Glücksstern sein und daher das ganze Jahr über das Fenster schmücken! Als wenig später seine Mutter ins Zimmer kam, staunte sie nicht schlecht über den Weihnachtsstern, nachdem sie doch bereits überall sorgfältig allen Schmuck entfernt, diesen in Kisten verstaut und in eine entlegene Ecke des Dachbodens gebracht hatte. Auch fiel ihr auf, dass sie einen Stern dieser Art überhaupt nicht kannte. Fritz erzählte daher begeistert von seinem Fund und seine Mutter meinte: „Das ist ja in der Tat ein sehr besonderer Stern! Vielleicht solltest du ihn wirklich das ganze Jahr an deinem Fenster lassen."

Und tatsächlich war Fritz´ gefundener Stern vielleicht der einzige Weihnachtsstern weit und breit, der im Frühling die Wiese ergrünen sah, der zwischen Tulpen und Narzissen den Osterhasen beobachten und sich über die Kirschblüte freuen konnte. Nur er kannte – abgesehen von Weihnachtssternen im fernen Australien vielleicht – die Kinder auch in der Badehose und unter dem üppig-dunkelgrünen Blätterdach der Baumkronen in der Hängematte Pfirsiche naschend. Kein anderer als er sah die Äpfel reifen und das Laub sich färben. Und irgendwann, als wieder die Weihnachtszeit gekommen war, klebte Fritz mit seiner Mutter andere Stern-Kameraden um den Fund-Stern herum, denen dieser nun aufgeregt erzählen konnte, was er übers Jahr so an tollen Sachen erlebt hatte, während die anderen auf dem Dachboden schliefen.
Doch was für den Fund-Stern das schönste war: Als Fritz mit seinen Eltern zu Heiligabend den neuen Weihnachtsbaum aufstellte, nahm er seinen Lieblingsstern vom Fenster und befestigte ihn ganz oben an der Spitze der Edeltanne. Ei, wie war der Stern da stolz! Fast mochte man glauben, dass er jetzt noch mehr funkelte, als er es zuvor im Fenster getan hatte. Bei seiner alten Familie zum vorjährigen Fest war er hingegen nur einer von vielen gewesen, und da seine Aufhängeschlaufe gerissen war, hatte man ihn noch gnädig in das Geäst des Weihnachtsbaumes gesteckt, ihn deshalb aber auch später beim Abschmücken übersehen. Das würde ihm nun hier nicht passieren. Fritz hatte seinem Lieblingsstern extra eine neue Aufhängeschlaufe geknüpft. Ab jetzt, so beschloss er, sollte sein Stern jedes Jahr die Spitze des Christbaumes schmücken! Und wirklich: Den begehrten Platz

ganz oben behielt der schöne Fund-Stern viele Weihnachtsfeste lang. In der übrigen Zeit des Jahres aber durfte er wieder an Fritz´ Fenster kleben und beobachten, was alle Tage draußen im Garten und in der Welt geschah. Manchmal schien es Fritz beim Einschlafen gar, als ob er wie ein echter Stern leuchtete. Vielleicht ja hat er sich dankbar gezeigt und seinem Finder, der ihn einst vor dem Müllplatz gerettet hatte, über all die Jahre Glück und zu jedem Weihnachtsfest viele Geschenke beschert ...

Mia Mondstein

Weihnachten damals in den 60ern

Einst als Kind fand ich Weihnachten richtig schön. Man war so mittendrin in der Familie. Wenn die besondere Zeit näherkam, gab es aber erst mal viel Arbeit, denn vorher wurde das ganze Haus geputzt und geschmückt. In jeder Ecke war etwas Weihnachtliches zu finden, sei es eine Figur, ein Fensterbild, ein Gesteck oder ein Schleifchen. Sogar meine Teddys und Puppen hatten Weihnachtsmützen auf.
Alle Teppiche im Haus, ob raumfüllend oder kleiner Läufer, wurden freigeräumt, zur Teppichstange in den Garten geschleppt und mit dem aus Kork geflochtenen Klopfer ordentlich malträtiert. Manche Schweißperle floss dabei vor Anstrengung. Und damit das gute Stück auch wirklich frisch roch, legte man dieses anschließend in den Schnee, rieb es manchmal auch damit ein, und dann musste es nur noch wieder trocknen. Ja, zu meiner Kinderzeit in den 60ern gab es im Westfalenland noch richtig hohe Schneewände oder tiefe Spuren im Garten und auf den Waldwegen, die man versuchte zu deuten. Und es gab meterdickes Eis auf den Seen und Flüssen zum Schlittern und Kurven, sowie magische Eiszapfen und Eisblumen an den Fenstern. Aber zurück zum weihnachtlichen „Groß-Reine-Machen". Wenn man schon alle Teppiche reinigte und alle Fenster und Türen putzte, dann natürlich auch alle Möbel und das gute Geschirr. Ich erinnere mich noch immer an das wunderbar gedrechselte Geländer der hellen

und breiten Holztreppe, die, als ich klein war, vom Erdgeschoss in die erste Etage führte. Ihr Geländer und die einzelnen Streben wurden mit duftender Möbelpolitur behandelt, bis alles glänzte. Und wenn ich in Gedanken diese Treppe betrete und hinaufgehe, werde ich Schritt für Schritt wieder Kind und stehe in unserem alten Kinderzimmer, das sich dort oben befand. Ich schreibe hier unser, denn mein kleiner Bruder hauste dort ebenfalls mit mir. Jeder hatte seine Ecke mit seinem Kram, aber das war für mich nie ein Problem. Ich habe schon immer gerne gegeben und geteilt. Für mich war und ist es ein ganz besonderes Gefühl, andere zum Lächeln zu bringen.
Aber nicht nur im Haus, sondern auch drumherum musste alles pikfein sein. Die Wege zum Haus wurden vom Schnee befreit und gefegt, neben den Schneemännern, die mein Bruder und ich gebaut hatten, wurde der Garten mit Figuren und Lichtern geschmückt.
An der Haustür hing ein Willkommen-Weihnachtskranz. Neben der Eingangstreppe stand ab dem ersten Advent immer ein kleiner Weihnachtsmann, dem ich, als ich klein war, oft einen Apfel, Nüsse oder ein Plätzchen vor die Füße legte. Und ich bastelte und malte Geschenke für meine Eltern und Oma und Opa. Damals war es noch eine ruhige, besinnliche Zeit. Nachbarn grüßten sich noch, und jeder kannte sich in unserer Straße. Wir Kinder konnten bis zum Dunkelwerden draußen spielen, und wenn jemand krank war, kam man vorbei, fragte nach dem Befinden und half sich ohne Fragen. Man war nicht irgendjemand, man gehörte dazu. Man war mittendrin und dabei. Und dann, nachdem alles im und ums Haus vorbereitet und

die Plätzchen gebacken waren, war der Tag da, der Heilige Abend!
Alle Mitglieder unserer Familie schmückten an Heiligabend den Baum gemeinsam. Jeder suchte seine Lieblingskugel. Ich hatte zu der Zeit eine ganz besondere. Sie war weiß mit Teddybären rundherum, und mein Bruder hatte eine, die ein kleines Schaukelpferd zeigte. Meine Oma durfte immer bestimmen, welche Kugel denn wohin sollte. Mutter hielt die Lichterkette und mein Vater brachte sie am Weihnachtsbaum an. Alles Elektrische oder zum Hämmern oder Bohren, das war zu meiner Kinderzeit immer Männersache. Und weil ich das ältere Kind war, durfte ich das Lametta über den Baum werfen. Und mein Opa hat ganz oben auf die Spitze des Baumes den Weihnachtsengel gesetzt. Wenn dies Alles zur Zufriedenheit Aller erledigt war, wurde das Wohnzimmer verschlossen, und nur mein Vater hatte den Schlüssel. Wegen der großen Essenserwartungen an den darauffolgenden Tagen gab es mittags nur Suppe. Meist wurde mein kleiner Bruder dann schon sehr unruhig, weil er es kaum erwarten konnte, dass die Türe des Wohnzimmers mit dem Weihnachtsbaum und den Geschenken wieder geöffnet wurde. Doch nach dem Mittag wurde erst ein wenig ausgeruht, und dann besuchte man fein herausgeputzt den Gottesdienst in der nahegelegenen Kirche. Oh, wie ich sie hasste, diese lange kratzige, kneifende Wollstrumpfhose und dieses rosa Kostümchen. Und die ganze Zeit musste man stillsitzen und schweigen! Das war gar nichts für mich. Und nach dem Gottesdienst wurde dann auch noch zu meinem Leidwesen ein Spaziergang gemacht, um sich den Leuten als Familie zu zeigen. Erst wenn wir wieder zuhause waren, durfte ich mir etwas Anderes

anziehen - aber immer noch was Feineres, wenn auch bequemer. Wenn wir dann zusammen mit Oma in der Küche saßen, las sie uns vor oder erzählte schöne Geschichten über die Heilige Nacht und das Christkind und den Engel mit dem Stern. Diese Momente gehören bis heute zu meinen schönsten Erinnerungen. Vater und Mutter waren währenddessen in dem „geheimen" Raum verschwunden, und man vernahm ab und an Geräusche. Unerträgliches Warten und Spannung folgte, solange bis die uns allen bekannte Weihnachtsmusik von der alten Schallplatte erklang. Und dann, am frühen Abend so gegen sechs Uhr, hörte man ein leises Glöckchen. Ganz fein und hell rief es uns in das Wohnzimmer, welches durch den beleuchteten Weihnachtsbaum in eine Art magisches Licht gehüllt war. Auf dem Tisch neben dem Baum stand die alte Krippe aufgebaut mit den Figuren, die schon früher mein Urgroßvater mit staunenden Augen betrachtet hatte. Wir alle standen dann Hand in Hand und sangen mit leuchtenden, manchmal tränenfeuchten Augen ein oder zwei Weihnachtslieder. Ich gebe zu, schon beim Singen schaute ich in die Ecke, wo die bunten Päckchen lagen, und ich versuchte zu erraten, was sie denn vielleicht enthielten. Für Oma und Opa sagte ich oft auch noch ein Gedicht auf. Manchmal aber stand da auch etwas Großes, wie ein Kaufmannsladen oder ein Trecker mit Pedalen. Dann war es nicht leicht, nicht gleich dorthin zu stürmen, sondern erst zu Ende zu singen, ein Gedicht aufzusagen und alle zu umarmen. Mutter hatte Kartoffelsalat und Würstchen vorbereitet, und wir alle durften ausnahmsweise im Wohnzimmer essen. Die Großen tranken ein Sektchen oder Likörchen, und man erzählte sich bis in die tiefe Nacht hinein

Geschichten von früher. Mein Bruder und ich durften richtig lange aufbleiben und spielen. Manchmal ging ich noch mit Oma hinaus in den Garten. Die Beleuchtung hatte sie zuvor ausgeschaltet. Ganz warm eingemummelt standen wir zwei dann da im Dunklen, und die Sterne über uns schienen ganz nah zu sein. Ganz selten fiel sogar mal eine Sternschnuppe herab. Ich hätte für tausend Sachen um Erfüllung bitten können, aber ich habe mir damals immer nur eines gewünscht: < Es solle so sein wie in diesem Moment, die Zeit sollte stillstehen. >

Doch das blieb sie leider nicht, und meine unbeschwerte Kindheit ging viel zu schnell vorbei. All das, von dem ich bis zu diesem Punkt schrieb, ist schon so lange her. Zwar ist Weihnachten heute immer noch die Zeit, in der ich aufräume und ein wenig schmücke. Doch es wird immer ruhiger. Ich verschicke noch immer Karten und Päckchen, rufe Freunde an, und ich kaufe noch immer Leckeres ein für die Feiertage. Doch der Zauber ist verflogen. Jeder lebt heute für sich anonym in seinem Viertel und hinter Fensterscheiben oder seiner Wohnungstür. Meine Familie ist unvollständig geworden, und das Haus meiner Kindheit wurde verkauft. Mancher meiner Anverwandten und Freunde gingen ihrer Wege und einige kamen nie zurück. An Wunder und Sternenglanz kann ich schon lange nicht mehr glauben, dafür ist zu viel geschehen in meinem Leben. Die alte Krippe meines Urgroßvaters ist nur noch ein Dekorationsstück, welches, sorgfältig in Handtücher gewickelt, in meinem Keller darauf wartet, mit all ihren Figuren wieder aufgebaut zu werden. Doch das wird wohl nie mehr geschehen. Die Erinnerungen an frühere Zeiten, als noch alle gemeinsam diese

bestaunten, tun zu weh. Für meinen erwachsenen Sohn und mich haben Weihnachtsbaum, Krippe und alle Symbolik hierum nach und nach an Sinn verloren. Wir genießen in dieser besonderen Zeit die selbstgebackenen Plätzchen, die Ruhe, Nähe und Wärme des Zusammenseins.
Doch ist dieses Gefühl hier bei uns nicht nur an den Weihnachtstagen gegenwärtig, sondern auch an anderen, ganz "normalen" Tagen des Jahres sitzen wir zusammen auf unserer Couch und schauen uns alte Fotos an. Dann legen sich unsere beiden Kater zu uns, um sich ihre Streicheleinheiten zu erbitten, die Heizung klopft leise vor sich hin, und es gibt Mehlpfannkuchen mit Apfelmus. Und ich denke an Oma. Sie würde jetzt sagen: "Wenn nicht das große Glück anklopft, dann nehmen wir auch gerne ein kleines!"

Dörte Müller

Weihnachten ist immer toll

Glocken läuten stimmungsvoll
Weihnachten ist immer toll!
Kekse backen, Lieder singen
den anderen Geschenke bringen!

In der warmen Stube hocken
schnell gestrickt der letzte Socken
Katze schnurrt im Sessel leise
Weihnachtsmann geht auf die Reise!

Rentierschlitten schon bereit
Oh, schaut her, es hat geschneit!
Schnell noch Tannenbaum geschmückt
Das ist diesmal gut geglückt!

Verwandte treffen, lautes Lachen
lauter schöne Dinge machen
Schlitten fahren, Stollen essen
und den ganzen Stress vergessen!

Lange durch den Schnee spazieren
und dabei dann mal kapieren,
dass es wieder ist soweit
habt eine schöne Weihnachtszeit!

Kerstin Müller-Hörth

Oh du fröhliche, oh du selige nervenraubende Weihnachtszeit!

Wurde ich heute Morgen noch sanft vom Vierbeiner geweckt,
so unbarmherzig hat mich nun mein Küchenkalender erschreckt.

Der erste Tag vom zwölften Monat schaut gar höhnisch drein.
Frage mich, wo ist verblieben des schönen Herbstes Schein.

Gestern noch mit Tee und Thriller auf meiner Couch gesessen.
Sollte ich nun wirklich schon den ersten Zimtstern essen?

Prompt übermannt mich ein Gefühl vertrauter Hast und Hetze.
Mir schießt sogleich ins Oberstübchen lästiges Geschwätze.

Nahe wie auch ferne, Verwandte und Bekannte;
Pflichtbesuche bei Großmutter und unliebsamer Tante.

Nach langem Hin und Her und vieler Diskussionen,
werden wir mit Wichteln die Geldbeutel verschonen.

Ein jeder aus unserer Rund´ zog nur einen Namen.
So bleibt der Stress beim Einkaufen im angemessenen Rahmen.

Auf meinem Zettel stand in großer Schrift geschrieben,
der Name meines Neffen im zarten Alter von sieben.

Bevor ich mich jedoch in den Einkaufstrubel stürze,
schnuppere ich gar intensiv an weihnachtlichem Gewürze.

Ob Lebkuchen, Spekulatius oder christlicher Stollen;
gegenüber süßen Sünden empfinde ich stets Wohlwollen.

Mit Spickzettel bewaffnet und klassisch Feliz Navidad,
befahre ich die Bundesstraße hinein in die Innenstadt.

Mit Liebe zum Detail und vieler Lichterketten,
erstrahlt das Stadtbild rundherum in all´ seinen Facetten.

Vorbei an Litfaßsäulen mit Rentier und Nikolaus,
bahne ich mir meinen Weg zum nächstgelegenen Parkhaus.

Die ersten zwei Etagen offerieren mir keinen Spalt.
Eine Auffahrt höher eröffnet sich mir einer alsbald.

Trotz eisiger Temperatur im gesamten Außenbereich,
kommt das Zentrumsinnere einer finnischen Sauna gleich.

Im Sommer meist zu kalt und im Winter oft zu warm;
die Klimatechnik ähnelt derer einer Regional-Bahn.

Nachdem ich mich befreit von Mütze und vom Schal,
überkommt mich im Spielzugladen die geballte Qual der Wahl.

Zwischen großen Bausteinen und überteuerten Konsolen,
lasse mich inspirieren von bunten Werbe-Parolen.

Ziehe kurzerhand die Empfehlung eines Mitarbeiters heran
und entscheide mich für ein kindgerechtes Cowboy-Gespann.

Lucky Luke und sein Pferd laufen in jeder freien Minute.
Bei meines Neffen leuchtenden Augen wird mir warm zumute.

An der Kasse angekommen, zücke ich die Kundenkarte.
Bedient werde ich vom Mitarbeiter mit vollem Rauschebarte.

Ein Rabatt auf den Artikel von fünf Prozent ge
währt.
Mein Treuepunkte-Konto hat sich sogleich in ei
nem Zug geleert.

Rasch noch bald vergessene Parkticket eingelöst,
hat sich mir ganz unverblümt die Summe von zwei
Euro entblößt.

Nach Betätigen der Zündung trällert mir Maria
Carey entgegen.
Diese One-Hit-Wonder waren noch nie für mich ein
Segen.

Die Dämmerung erstreckt sich am weiten Hori
zont.
Dringend muss gesäubert werden die Kraftfahr
zeug-Glasfront.

Zuhause angekommen mache ich Nägel mit Köp
fen
und beginne ohne Umwege aus dem Geschenkpa
pier zu schöpfen.

Schnell sind Lucky Luke und sein Pferd hübsch
eingehüllt.
Erhoffe mir zutiefst, dass sich meines Neffen Wun
sches erfüllt.

Glücklich und erfüllt verpasse ich dem Tag einen
Haken
und stürze mich mit Tee und Thriller in meine
Bettlaken.

Rosemarie Nake

Rückenwind fürs Leben

Leon ist genervt. Sein Vater erwartet von ihm, dass er ausgerechnet heute Nachmittag, am 24.12., zu Opa ins Pflegeheim geht.
„Nur kurz", sagt sein Vater, „wir kommen dann auch."
Leon ist nicht begeistert. „Opa bekommt doch gar nicht mehr mit, wer ihn besucht. Er erkennt mich gar nicht."
Aber die Mine des Vaters ist unerbittlich.
Als Leon die Tür zu Opas Zimmer öffnet, sitzt der alte Mann in seinem Sessel. „Wer sind Sie?", fragt er misstrauisch. Er mustert den Besucher aufmerksam.
Leon hockt sich vorsichtig auf die Stuhlkante. „Ich bin Leon. Dein Enkel. Erinnerst du dich, wie viel Zeit wir miteinander verbracht haben? Du hast mir das Radfahren beigebracht. Und dann haben wir beide viele Radtouren unternommen. Später hast du mir mein erstes Rennrad gekauft. Du hast mich bei der Radunion in Halle angemeldet. Wir hatten eine wunderschöne Zeit zusammen. "
Leon merkt gar nicht, wie er tief in seine Erinnerungen eintaucht. „Weißt du noch, wir sind auf der langen Strecke zwischen Salzmünde und Wettin sehr oft einem Rollstuhlfahrer mit Handkurbel begegnet. Er hat so fleißig trainiert und ist doch immer überholt worden. Du hast mir beigebracht, alle Radsportler unterwegs zu grüßen. Und ganz besonders diesen jungen Mann, der trotz seiner Einschränkungen an seinen Zielen festhielt."

Leon stockt und sieht seinen Opa aufmerksam an. Für einen Augenblick spiegelt sich die Erinnerung in dessen Augen.
„Leon, mein lieber Junge, ich wünsche dir kräftigen Rückenwind für deine Fahrt durch das Leben. Hab dein Ziel fest im Blick und gib niemals auf."
Leon will glücklich Opas Hand greifen- da erkennt er, dass der Schleier des Vergessens sich schon wieder über das vertraute Gesicht des alten Mannes gelegt hat.
Leise steht Leon auf, küsst seinen Opa auf die Stirn und flüstert ihm ins Ohr: „Es ist alles gut. Frohe Weihnachten, mein lieber Opa."
Draußen auf der Straße atmet er tief die frische Winterluft ein und spürt die Stille und die ganz besondere Atmosphäre des beginnenden Weihnachtsabends.

Mara Lou Riedel

Wenn die Nacht anbricht

Gerlinde saß in ihrem Sessel und starrte in die Dunkelheit. In ihren Pupillen spiegelte sich die Lichterkette, die sie am Fensterrahmen angebracht hatte. Auf dem Fensterbrett ruhten Birkenzweigen, weiße Porzellanglocken und Lichterhäuser. Es sah aus, wie eine Miniaturwinterlandschaft. Den Höhepunkt bildete ein winziger Pferdeschlitten aus Holz. Aus der Küche zog der Duft von Gänsebraten und Zimtsternen, und in der Zimmerecke strahlte der Weihnachtsbaum, den sie mit Strohsternen und Silberkugeln geschmückt hatte. Doch der Glanz prallte an ihr ab. In ihrem Inneren herrschten Dunkelheit und Kälte. Draußen riefen die Glocken der St. Stephanuskirche zur Christmette. Ehepaare und Familien hasteten an ihrem Fenster vorbei. Gerlinde presste die Fäuste in den Magen. Aber gegen den Schmerz, der von der Körpermitte in den restlichen Körper ausstrahlte, konnten sie nichts ausrichten. Ihre Lider schrappten über die Augäpfel, und ihre Augen brannten. Zu gerne hätte sie geweint, aber ihre Tränen waren vor Jahren versiegt, verschluckt von der Ausweglosigkeit ihrer Situation. Nichts als Enttäuschung gab es. Jedes Mal, wenn sie einen Funken Hoffnung in ihr Herz ließ, schmetterte die Realität sie nieder.
Die Glocken verklangen und nahmen die Menschen mit sich. Gerlinde seufzte und starrte auf das Telefon. Sollte sie es noch einmal probieren? Vielleicht hatte nur der Zug Verspätung. Gerade

Heilig Abend quollen die Züge über vor Menschen. Das hatte sie erst heute Morgen im Radio gehört. Bestimmt war er schon auf dem Weg zu ihr. Aber warum ging er nicht an sein Handy? Sie sollte in die Kirche gehen. Es machte keinen Unterschied, ob sie hier wartete oder in der Kirche saß. Aber schon während der Gedanken aufblitzte, wusste sie, dass sie nicht gehen würde. Zu groß war die Angst mit ihrer Vorahnung recht zu behalten. Im besten Fall ging er nicht ans Telefon, weil er sich vor ihr schämte. Aber was, wenn er bewusstlos in der Wohnung lag? Das letzte Mal hatte er sich im Suff eine Rippe gebrochen.
Die Unruhe flatterte in ihrem Herzen, durchzog den Körper und ließ ihre Hände zittern.
„Ich kann das nicht. Ich ertrage die Ungewissheit nicht länger."
Gerlinde drückte sich aus dem Sessel, schlurfte zur Kommode und zog einen Zettel aus der Schublade.
"Durchwahl Stationszimmer", stand auf dem Zettel. Zweimal vertippte sie sich und musste von vorne beginnen.
"LWL-Klinik, Station 18.2. Unger am Apparat."
"Entschuldigen Sie, dass ich Sie heute störe", murmelte sie.
"Aber das macht gar nichts. Was kann ich für Sie tun?"
Gerlinde schluckte, ihr Hals kratzte und sie sehnte sich nach einem Schluck Wasser, stattdessen räusperte sie sich.
"Ich ..., ich habe mich gefragt, ob vielleicht mein Sohn bei Ihnen ist."
"Wie lautet der Name?"
"Arne Hülskamp."
"Einen Moment, legen Sie bitte nicht auf."

Beethovens „Für Elise" erklang. Gerlinde umklammerte den Hörer mit beiden Händen. Was sollte sie tun, wenn er nicht da war? Sollte sie die Polizei anrufen?
„Mutter", Arnes Bariton dröhnte durch den Hörer.
„Arne." Erleichterung floss durch ihren Körper.
„Ich hätte anrufen sollen."
Meinte er das so oder war das nur eine Floskel?
„Ja, das hättest du. Ich habe mir Sorgen gemacht."
„Es gab so viel zu tun mit den Formalitäten hier ..."
„Nur ein Anruf, Arne, und ich hätte mir keine Sorgen gemacht."
„Mutter, mir brummt total der Schädel. Ich bin gestern gegen den Türrahmen gelaufen. Du kannst dir nicht vorstellen, was das für Schmerzen sind. Ich konnte kaum etwas essen. Aber das Weihnachtsmenü lässt eh zu wünschen übrig."
Ich, ich, ich, dachte Gerlinde. Kein Wort dazu, dass sie den gesamten Abend auf ihn gewartet und sich Sorgen gemacht hatte. Sie dachte an die Gans, die im Ofen austrocknete und an die Messe, die sie verpasste.
„Bestimmt kannst du mir ein Stück von deinem Stollen in die Klinik schicken", sagte er. „Ach, und auch ein paar von den Vanillekipferl."
Arne dachte nur an sich selbst. So war das schon immer gewesen. Diese Eigenschaft teilte er mit seinem Vater, den Gerlinde an Arnes zweiten Geburtstag in die Wüste geschickt hatte. Nie hatte sie es bereut.
„Ach, und wenn du sowieso ein Päckchen schickst, kannst du gleich mein Weihnachtsgeschenk mit dazulegen. Ich hoffe, du hast das neue iPhone bekommen."
Die Starre in ihrem Inneren wich. Hitze strömte durch den Körper. Hatten ihre Finger eben noch

vor Nervosität gezittert, so taten sie dies nun vor Wut.

„Ich wünsche dir auch ein gesegnetes Weihnachtsfest!" Sie drückte das Gespräch weg.

Die Knie knackten und der Rücken stach, als sie sich bückte und den Telefonstecker aus der Buchse zog. Ihr Blick fiel auf die Wanduhr: 18:20 Uhr. Die Messe konnte sie vergessen. Sie würde morgen Früh in die Kirche gehen, aber jetzt musste sie hier raus.

Gerlinde zog den Bräter aus dem Ofen und ging in den Flur.

Ausgestattet mit Winterstiefeln, Mantel und Fäustlingen trat sie aus dem Haus. Die Kälte schlug ihr entgegen und weißer Hauch quoll aus ihrer Nase. So schnell es ihre alten Beine erlaubten, stapfte sie durch die Heilige Nacht, vorbei an den Lichterketten in den Vorgärten und den Familienzusammenkünften hinter den Hausmauern. Kein Mensch begegnete ihr. Alle saßen im Kreis ihrer Lieben und feierten Weihnachten. Gerlinde wischte eine Träne von der Wange.

Ihre Schritte trugen sie zum Aasee. Auf der Oberfläche glitzerte Eis. Nicht einen Hundebesitzer trieb es am Weihnachtsabend vor die Tür. Sie schien die einzige Person zu sein, die Heilig Abend spazieren ging. Gerlinde lief der Wut davon, dem Schmerz und den Schuldgefühlen aus ihrem Sohn keinen anständigen Menschen erzogen zu haben.

Eine halbe Stunde später kehrte sie dem Aasee den Rücken. Sie konnte wieder frei atmen. Die Kirchenglocken läuteten, als sie in die Bonhoefferstraße bog und ihren Hauseingang ansteuerte.

Nun kommen alle aus der Messe, dachte sie mit Wehmut. Tränen verschleierten ihre Sicht. So kam

es, dass sie im Hausflur mit ihrem Nachbarn zusammenstieß.
„Entschuldigung", sagte sie.
„Kein Problem, es ist nichts passiert."
Im Herbst war der Rentner in die Wohnung über ihr eingezogen. Gerlinde mochte ihn. Er hatte immer ein Lächeln und freundliche Worte für sie.
„Frohe Weihnachten", sagte sie.
„Das wünsche ich Ihnen auch. Kommen Sie ebenfalls aus der Messe?"
„Nein, die habe ich leider verpasst. Ich habe gerade eine Runde um den Aasee gedreht."
„Das muss herrlich gewesen sein. Es ist eine sternenklare Nacht."
„Ja, das war es", Gerlinde lächelte. „Verbringen Sie den Heiligen Abend alleine?"
„Ja, leider. Meine Tochter ist mit ihrem Mann im Skiurlaub, und mein Sohn hat heute Nachmittag abgesagt. Die Enkelkinder hat ein Magen-Darm-Virus niedergestreckt. Jetzt bleibe ich auf Unmengen Roter Grütze mit Vanillesoße sitzen." Er lachte. „Vielleicht möchten Sie welche für sich und Ihren Besuch?" Er hob die Augenbrauen.
„Mein Sohn hat mich auch versetzt. Ich habe trockene Gans mit matschigen Kartoffelklößen zu Hause."
Er lachte. „So schlimm?"
Gerlinde rang mit sich, sollte sie oder sollte sie nicht?
„Möchten Sie ..., möchten Sie nicht zum Essen hereinkommen? Ich meine ..., so toll ist das Essen nicht mehr. Aber vie-leicht kann ich die Klöße in der Pfanne anbraten."
„Ich nehme die Einladung an. Das ist besser, als mich an Roter Grütze satt zu essen. Aber ich bringe sie gerne als Nachtisch mit."

„Ich liebe Rote Grütze", sagte Gerlinde.
„Dann bis gleich." Er lächelte bevor er sich umdrehte.
Als Gerlinde ihre Wohnungstür aufschloss, spürte sie eine Wärme, die von ihrem Bauch ausgehend in den restlichen Körper strömte.

Jürgen Rösch-Brassovan

Weihnachten, traumhaft

In einem schneeweißen Traum
Steht allein ein grüner Tannenbaum
Von Norden nahen mit schnellen Schritten
Vier Rentiere, ziehen einen großen Schlitten
Auf dem sitzt mit weißem Rauschebart
Santa Claus nach langer, langer Fahrt
Beim Baum werden die bunten Pakete abgeladen,
bald sieht es aus wie in einem Geschenkeladen.
Unter der Tanne in der weißen Pracht
Liegt nun alles, von weither mitgebracht
Und schon kommen die Kinder herbeigeeilt
Wie lange haben sie von dieser Bescherung träumt!

Sabine Sauer

Schon wieder Weihnachten

„Wie schmücken wir dieses Jahr den Baum?", fragte meine Frau und schaute mich erwartungsvoll an.
„Am liebsten gar nicht", wollte ich antworten, aber das hätte Ärger gegeben. Nervös fuhr ich mir mit den Fingern durch die Haare. „Äh, ich habe da so eine Idee, Schatz", begann ich vorsichtig.
Britta musterte mich aufmerksam.
„Nun ja, also jetzt nicht bezüglich des Christbaumschmucks", stotterte ich weiter. Sofort wanderten Brittas Augenbrauen nach oben und ihre Stirn legte sich in Falten.

Ich setzte mich aufrecht hin und räusperte mich.
„Wie würde es dir denn gefallen, wenn wir beide dieses Jahr mal über die Weihnachtsfeiertage etwas ganz anderes machen?", kam es aus mir äußerst mutig.
„Aha", sagte Britta nur. Überrascht sah sie aus, doch ich merkte, dass sie überlegte. „Was genau meinst du, Thomas?", fragte sie mich dann mit einem sehr kritischen Blick.
Nach mehr als 20 Ehejahren kannte ich diesen Blick genau und war auf der Hut. Sorgsam formulierte ich den nächsten Satz. „Ach Liebling", versuchte ich honigsüß zu säuseln. „Lassen wir doch den ganzen Weihnachtsstress mal und tun uns beiden damit etwas Gutes."

„Du willst dieses Jahr Weihnachten ausfallen lassen?", fragte Britta entsetzt.
„Blöder hätte es jetzt nicht laufen können", dachte ich bei mir. Schnell ging ich auf sie zu und wollte sie in die Arme nehmen. Doch sie stieß mich weg.

„Also gut", begann ich. „Wir schmücken den Christbaum mit Strohsternen und roten Äpfeln. Zum Essen laden wir wieder die ganze Verwandtschaft ein und servieren ihnen diesmal Truthahn mit selbst gemachten Knödeln. Vorspeise und Nachspeise nicht vergessen. Wir müssen natürlich das Wohnzimmer ausräumen, damit für alle Platz ist. Deine Eltern werden von uns abgeholt und nach Hause gebracht. Die sind nicht mehr so mobil. Meine Mutter wird hier übernachten und einen Tag vorher schon anreisen. Sie wohnt zu weit weg. Unsere beiden Töchter, nebst Ehemännern und unsere fünf Enkelkinder werden natürlich auch da sein. Ich hoffe, unser Wohnzimmer ist nicht zu klein für die vielen Gäste, den Baum und die Geschenke. Du solltest ganz viele Weihnachtsplätzchen backen. Jeder hat doch seine Lieblingssorte. Vorher müssen wir das ganze Haus putzen, den Vorgarten schmücken und drinnen alles schön weihnachtlich dekorieren. In Rot und Gold. Du weißt ja, wie pingelig deine Schwiegermutter sein kann. Wo soll sie überhaupt schlafen? Wir müssen ihr unser Schlafzimmer überlassen und auf dem Dachboden nächtigen."

Kurz holte ich Luft. Fassungslos sah mich Britta an. Ich wollte mit meiner Aufzählung stressiger Weihnachtsvorbereitungen fortfahren, doch plötzlich lachte meine Frau laut auf und stoppte mich. „Halt!", rief sie. „Oh, das hört sich nach ganz viel

Arbeit an. Du sagtest doch vorhin, dass wir uns etwas Gutes tun sollen. Also tun wir das einfach mal." Ihre blauen Augen strahlten voller Vorfreude und schon begann sie Pläne zu schmieden. Anscheinend hatte ich sie überzeugt. „Wir könnten in die Berge fahren, oder sogar ans Meer fliegen," schlug sie vor. „Mein Kindheitstraum war immer Weihnachten in Lappland zu verbringen und dort mit einer Kutsche, die von Rentieren gezogen wird, durch den Schnee zu fahren. Aber ich glaube, dort ist es mir inzwischen zu kalt", fuhr sie lächelnd fort. Sie sprühte vor Tatendrang und ich fand das fantastisch.

„Mein Traum war einmal Weihnachten in Australien zu feiern. Ich fand das so verrückt da. Der Weihnachtsmann auf dem Surfbrett und man liegt am Strand in der Sonne", erzählte ich versonnen. „Aber heute mag ich das auch nicht mehr so gerne machen", fügte ich hinzu und wir beide lachten und hielten uns an den Händen.

„Nun ja, so weit weg müssen wir ja nicht reisen. Wir könnten einen Wellness-Urlaub in einem schönen Hotel in der Nähe buchen", meinte Britta dann.
„Die meisten Hotels werden über die Feiertage wohl geschlossen haben," gab ich zu bedenken. In Wirklichkeit war Wellness so gar nicht mein Ding. „Wir könnten uns eine kleine Blockhütte im Gebirge mieten und es uns darin gemütlich machen", machte ich einen Gegenvorschlag. „Vielleicht schneit es dort. Dann könnten wir Spaziergänge im Schnee machen."
„Ja, das wäre auch eine Idee", sagte Britta und zog dabei eine kleine Schnute. So merkte ich, dass ihr das nicht wirklich gefiel. Schade.

„Was könnten wir denn noch machen", überlegte sie. „Etwas was wir noch nie getan haben."
„Was meinst du?", fragte ich etwas alarmiert.
„Hm, weiß nicht so recht", murmelte sie. „Ich habe noch keinen wirklich guten Einfall."
Die Euphorie war verflogen. Ratlos saßen wir auf dem Sofa.

Plötzlich klingelte das Telefon. Marie, unsere Tochter war dran. „Hallo, Mama und Papa, ich habe dieses Jahr eine tolle Idee. Ich möchte euch über Weihnachten zur Abwechslung mal zu uns einladen. Wie findet ihr das? Ich würde mich sehr freuen, wenn ihr kommen würdet", sprach sie.
Ich unterdrückte ein Prusten und meine Frau grinste in sich hinein. Dann antworten wir beide gleichzeitig: „Klar, wir kommen."

Nico Schäffauer

Trulldemar und der nächtliche Besuch

Im Wald stand ein kleines Holzhäuschen. Es war blau bemalt, hatte lange rechteckige Fenster und einen Schornstein. Dicker schwarzer Rauch kämpfte sich durch die Baumwipfel hinaus in die klirrende Winterluft.
In dem Häuschen wohnte Trulldemar. Ein kleines altes Männchen mit weißem Rauschebart. Sein Gesicht war so mit Falten übersät, dass seine Augen darin versanken, wenn er lachte. Trulldemar lebte schon lange im Wald: 274 Jahre, drei Monate und vier Tage waren es heute.
Ein weißes Tuch aus frischem Schnee hatte sich über den Wald gelegt. Draußen war es bitterkalt und deshalb hatte Trulldemar den Ofen angemacht. Es war der Morgen vor Heiligabend. Trulldemar kam gerade von einem Spaziergang durch die verschneiten Wälder zurück. Seine Hände hatte er in dicke Handschuhe gesteckt und fünf Schals flatterten um seinen Hals. Aber es half nichts: Er fror jämmerlich und seine Nase war so rot wie ein Feuerwehrauto. Deshalb setzte er sich auf den Sessel vor dem Kamin und kuschelte sich in eine Decke. Dazu trank er eine große Tasse Wurzelkaffee. Für den war Trulldemar im ganzen Wald bekannt. Das Rezept war sein Geheimnis. Mit jedem Schluck spürte Trulldemar, wie die wohlige Wärme in seinen Bauch floss und sich im ganzen Körper ausbreitete.
Mittlerweile war aus dem leichten Flockentanz ein richtiger Sturm geworden. Trulldemars Hütte war

komplett eingeschneit. Nur noch der Schornstein ragte aus dem Schnee. Weil es so dunkel war, hatte sich Trulldemar ein paar Kerzen angemacht. Jetzt sah er wieder, wie schön er sein Haus dekoriert hatte: Grüne Tannenzweige hingen wie Girlanden an den Wänden. Verziert mit roten und goldenen Glöckchen. In der Mitte des Raumes hing ein Adventskranz von der Decke, auf dem vier Kerzen brannten. Und in der Ecke stand ein kleiner Weihnachtsbaum. Den hatte Trulldemar mit Äpfeln, Nüssen, Zimtstangen, Mandarinen und kleinen Lebkuchenmännchen geschmückt. Im ganzen Haus duftete es nach Weihnachten.
Trulldemar liebte die Weihnachtszeit. Deshalb war er umso trauriger, dass er das schönste Fest des Jahres immer alleine feiern musste. Sein bester Freund, Balduin der Hase, war die meiste Zeit müde. Ebenso wie Amelie, die Ameise. Und Peter, der Igel, schlief bis in den Frühling. So wie die meisten Tiere im Wald.
Das Holz knisterte in den Flammen und da es so kuschelig warm war, schlief Trulldemar ein.
Ein lauter Schlag an der Haustüre riss ihn aus seinem Traum. Er sah auf die Uhr: schon später Nachmittag. Das war bestimmt eine Ladung Schnee, die von den Bäumen auf die Hütte getropft ist, dachte er. Aber da klopfte es an der Türe.
Nanu, wer mochte denn bei diesem Wetter unterwegs sein? Trulldemar war etwas nervös. Aber da das Klopfen nicht aufhörte ging er zur Türe. Sein Herz raste. Er nahm allen Mut zusammen und öffnete die Türe. „Aaahhhh", konnte er gerade noch schreien, als er von einer Ladung Schnee erfasst wurde, die ihn zu Boden riss. Brrrr, war das kalt.
„Sorry, kann ick helfen dir?" Eine schwarze Gestalt stand vor Trulldemar. „Kann ick helfen dir?", sagte

sie noch einmal. Trulldemar rieb sich die Augen und sah ... einen Maulwurf. Der streckte ihm fröhlich seine Hand entgegen und lächelte. Trulldemar nahm die Hand des Maulwurfs, die ihn wieder auf die Beine zog. „Danke", sagte er, leicht verwirrt, und wischte sich den Schnee von seiner Hose. „Wer bist du?"
„Ick bin Dig. Ick kommen aus Dover in England. Vor viele Jahre, meine Familie hat von dort aus gegraben einen Tunnel nach Europa. Seitdem, ick wohnen hier", sagte der Maulwurf.
Deshalb redet er so merkwürdig, dachte Trulldemar. „Dann komm mal rein, Dig. Dir ist bestimmt kalt. Ich heiße Trulldemar. Und ich mach dir jetzt erstmal eine Tasse Wurzelkaffee."
„Wurzel- was? Was ist das?", fragte Dig.
„Das ist ein ganz besonderer Kaffee. Meine Spezialität. Er wird dich aufwärmen", sagte Trulldemar und führte Dig ins Wohnzimmer.
„Wow, das ist ja eine richtige Weihnachtszimmer", sagte Dig, „Und wie das duftet ..." Ein Geruch aus Tannennadeln stieg ihm in die Nase.
Dig setzte sich vor den Kamin. „Hier, für dich", sagte Trulldemar und hielt ihm eine dampfende Tasse entgegen.
„Jetzt musst du mir mal erklären, warum du zu mir gekommen bist", sagte Trulldemar.
Dig wurde etwas verlegen. „Ick haben mich verlaufen. Ick saß in meinem Maulwurfshügel und plötzlich ist eine große Ladung Schnee auf mich eingestürzt. So viel es hat heute geschneit. Meine ganzen Höhlen und Tunnels sind kaputt. Ick haben versucht mich durch den vielen Schnee nach draußen zu graben. Aber es war einfach zu viel. Irgendwann, ich wusste nicht mehr, wo ich bin. Und auf

einmal, ick bin gegen deine Haustüre gestoßen", sagte Dig und nahm einen Schluck Kaffee.
„Aber vielen Dank dir, jetzt geht es mir wieder besser. Ich machen mich wieder auf den Weg."
„Moment mal", sagte Trulldemar und hielt Dig zurück. „Wo willst du bei dem Schneesturm denn hin?", fragte er ihn.
„Na, nach Hause. Ick muss wieder alles reparieren."
„Ist deine Familie noch in den Tunnels?"
Dig schaute traurig nach unten: „Ick haben keine Familie mehr."
Trulldemar klopfte im auf die Schulter: „Na, aber dann bleibst du hier. Heute ist doch Weihnachten."
„Heute?", fragte Dig. „In England, wir feiern Weihnachten erst morgen."
Trulldemar überlegte kurz, dann sagte er: „Lass uns doch einfach zusammen feiern. Meine Freunde machen Winterschlaf und ich bin dann immer alleine. Wir feiern heute einfach mein Weihnachten und morgen dein Weihnachten. Bei dem Wetter lass´ ich dich nämlich nicht mehr aus dem Haus", sagte Trulldemar und blickte Dig streng durch seine Brille an und grinste.
„Thank you", sagte Dig, „du bist sehr nett."
Einige Zeit später saßen Trulldemar und Dig am Tisch und aßen Schmorbraten mit Kartoffelbrei und viel Soße. Danach gabs für jeden noch eine Tasse heißen Waldpunsch. Es war ein schönes Weihnachtsfest. Die beiden erzählten sich fröhliche Geschichten. Dig sang ein paar englische Weihnachtslieder. Trulldemar begleitete ihn dazu auf seiner Flöte.
„Oh nein", sagte Dig.
„Was ist?", fragte Trulldemar.

„Ick haben gar kein Geschenk für dich", sagte der Maulwurf.
„Das macht doch nichts", sagte Trulldemar. „Das schönste Geschenk ist, dass ich heute mit einem neuen Freund Weihnachten feiern kann."
Und Dig strahlte übers ganze Gesicht. Auch er war glücklich, einen neuen Freund gewonnen zu haben. Und so saßen die beiden noch bis tief in die Nacht in Trulldemars Hütte, die immer noch zugeschneit war.

Kevin M. Schott

Weihnachtszauber im Sternenschein

In einer winterlichen Nacht, so klar und rein,
Erscheint der Nikolaus im Sternenschein.
Schnee glänzt leise auf dem Dach,
Mit einem prall gefüllten Sack bringt er Glanz und Pracht.

Die Sterne funkeln, der Frost ist kalt,
In jedem Haus, wo die Liebe hallt.
Der Nikolaus schleicht leise hinein,
Um Freude zu bringen, für Groß und Klein.

In Stiefeln stecken Überraschungen, so fein,
Kinderherzen hüpfen zusammen statt allein.
Die Lichter glänzen, der Tannenbaum strahlt,
Das Fest der Liebe, die Weihnacht naht.
Das Winterlicht in uns

Im Kerzenschein, so warm und hell,
Verblasst das Dunkel, tief und schnell.
Doch zwischen Gaben, Glanz und Pracht,
Versteckt sich eine stille Macht.

Die Straßen funkeln festlich leer,
Doch wo bleibt die Hoffnung, wo bleibt der Herr?
Vergessen wird die Einsamkeit,
Ein stummer Ruf in dieser Zeit.

Geschenke stapeln sich im Raum,
Doch fehlt es nicht an einem Traum?
Ein Lächeln, das kein Geld bezahlt,
Die Wärme, die die Seele erstrahlt.

Möge diese Zeit, so festlich, so klar,
Ein Spiegel sein, ein Hoffnungsstar.
Denn in jeder Seele steckt ein Licht,
Das gemeinsam strahlt im Winterlicht.

Christiane Seebach

Ganz oben

Es war eine wunderschöne, klare Winternacht. Der glitzernde, reinweiße Schnee knirschte unter Christophers fellgefütterten Stiefeln. In der Ferne konnte er die Silhouette seiner Heimatstadt Clayton in Michigan erkennen. Sie sah so friedlich aus, wie eine winzige Miniatur-Spielzeug-Stadt. Gerade noch erkannte Christopher die festlich geschmückten Häuser und die wundervoll dekorierten, heimelig anmutenden Fenster. Rauch stieg aus den Schornsteinen. Er war sich sicher, dass dort die Familien fröhlich unter den überbordend verzierten Weihnachtsbäumen saßen und Geschenke austauschten. Sein Atem gefror zu einem weißen Nebel. Im hellen Schein des Vollmondes sah er, wie einige Schneeflocken leicht und schwerelos in seinem goldenen Lichtkegel tanzten. Vor ihm lag der riesige, zugefrorene See des Clayton Lake State Parks. Hier war er so oft mit seinen Jungs angeln gewesen, sogar im Winter. Dafür mussten sie ein Loch in die dicke Eisdecke schlagen. Doch das war für Christopher nie ein Problem gewesen. Immerhin war er Wissenschaftler und hatte jedes Mal alles sorgfältig ausgerechnet und vorbereitet. Während er lächelnd am See stand, packte ihn plötzlich eine Hand fest im Nacken und schüttelte ihn hin und her. Christopher erschrak zu Tode. Er wollte schreien, doch kein Ton kam aus seiner Kehle.
„Wach endlich auf!" Die vertraute Stimme Alexejs mit dem unverkennbaren russischen Akzent drang

in sein Ohr. „Na, hattest du wieder Albträume von zu Hause?" Christopher nahm seine Schlafmaske ab und löste den festgeschnallten Schlafsack, bevor er in der Schwerelosigkeit einige Saltos schlug. „Ja", antwortete er endlich, „es war mein Lebenstraum, hier auf der ISS forschen zu dürfen. Alles wäre ich bereit gewesen, dafür zu geben. Doch hätte ich niemals gedacht, wie schnell mich nun das Heimweh ereilt."
„Ich verstehe", antwortete Alexej, „gerade heute ist es auch für mich schwierig. So richtig weihnachtliche Stimmung kommt bei mir nicht auf. Dabei ist es doch schon immer mein Lieblingsfest gewesen." Während sich Christopher mit einigen Feuchttüchern frisch machte, ließ ihm Alexej einen frisch gebrühten Cappuccino in einem verschlossenen Beutel zuschweben. „Frohe Weihnachten, mein Freund!", rief er dabei. Schweigend löffelten sie danach ihr Frühstück, eine Art Getreidebrei mit gefriergetrockneten Früchten aus der Dose.
„Wow", unterbrach Alexej die Stille, „sieh dir das an! Ich werde mich wohl nie an diesen herrlichen Anblick gewöhnen."
„Unsere Erde ist so wunderschön", bestätigte Christopher seine Worte.
Ehrfurchtsvoll sahen die beiden durch das winzige Bullauge auf die kleine blaue Kugel, die sie Heimat nannten. Sie bemerkten die über 27.000 Stundenkilometer, mit der sie durch das All rasten, überhaupt nicht.
„Es ist eigenartig, Alexej", flüsterte Christopher, „dort unten scheinen manche Probleme so groß, so unlösbar zu sein, doch hier oben kann ich sie noch nicht einmal erkennen. Wie kleingläubig wir Menschen doch manchmal sind."

Wieder schweiften seine Gedanken ab. 6 Jahre! So lange hatte er darauf gewartet, auf die ISS zu dürfen. Was musste er nicht alles über sich ergehen lassen, etliche Tests, medizinische Begutachtungen, psychologische Gespräche. Wie ein Wahnsinniger hatte er sich in die Arbeit gestürzt. Kaum noch war er zu Hause gewesen bei Chelsea und den Jungs. Dabei liebte er sie so sehr. Doch immer wieder hatte es in den letzten Jahren heftigen Streit gegeben. Christopher war nur noch unterwegs gewesen. Zu Hause ließ er sich nur noch zum Schlafen blicken. Er wurde immer gereizter über die Jahre, in denen er auf seine Zulassung wartete. Als die Scheidungspapiere auf seinem Schreibtisch lagen, hatte er sie direkt übersehen, denn da war etwas, was ihm viel bedeutender erschien: Die Zusage für die ISS. Nur 200 Menschen waren erst hier gewesen und nun war auch er dabei, Christopher, der Auserwählte aus 8 Milliarden! Und später dann, der lange Flug mit der „Sojus"-Kapsel und ihrer Trägerrakete. 6 ganze Stunden hatte das Andocken gedauert. Die Spannung war kaum auszuhalten gewesen.
„Träumst du schon wieder? Hast du vergessen, heute ist Weihnachten!" Alexejs Stimme ließ ihn in die Realität zurückkehren. „Es gibt noch viel für uns zu tun. Wir müssen alles weihnachtlich dekorieren."
Dafür hatten sie extra Gegenstände aus dem Weltraum gesammelt und oft war Christopher traurig, wie viel Müll sie sogar hier oben noch produzierten. Aus übrig gebliebenen Lebensmittelbehältern, bunten Aufklebern und Pappe bastelten die beiden einen recht ansehnlichen Weihnachtsbaum. Es dauerte länger als gedacht, denn schon kamen ihre 2 Kollegen Takumi und Giovanni und die

Astronautin Samantha dazu. Sie brachten Hühnchen mit Morcheln und Lebkuchen, alles dicht in Dosen gepackt, mit. Die Weihnachtsfeier begann, 420 Kilometer über der Erde. Alexej zitierte ein selbst verfasstes Weihnachtsgedicht. Nachdem alle applaudiert hatten, aßen sie stillschweigend.
„Nun kommt das Beste", kündigte Alexej den Höhepunkt der Feier an, „die Videobotschaften unserer Familien."
Alle jubelten, doch Christopher hatte Angst. Er hatte sich einen Dreck um seine Familie gekümmert. Er schien wahnsinnig geworden zu sein. Erst hier oben fiel ihm auf, wie sehr er seiner Familie unrecht getan hatte. Warum musste er so weit von der Erde weg sein, um zu begreifen, wie schön alles dort unten war? Er fühlte sich einsam. Er fühlte sich schuldig. Und er schämte sich. Es schien ihm, als hätte er sein Glück auf dem Leid derer, die er am allermeisten liebte, aufgebaut. Christopher versuchte, die Fassung zu bewahren. Seine Kollegen freuten sich über die Videobotschaften ihrer Familien. Festlich geschmückte, lächelnde Menschen waren dort zu sehen. Großväter und Großmütter, Eltern, Ehepartner, Freundinnen und Freunde, viele Kinder, Hunde, Katzen, Papageien. Er hörte nicht, was sie sagten. Es schnürte ihm die Kehle zu. Bloß nicht weinen und den anderen das Fest verderben. Es war schon schwer genug für sie, hier, in einheitlichen, gestreiften T-Shirts, vor einem winzigen Pappweihnachtsbaum sitzend und aus der Dose essend, nur eine klitzekleine weihnachtliche Stimmung aufkommen zu lassen. Er ließ den Kopf sinken. „Chelsea, was habe ich nur getan!"
Doch plötzlich hörte er eine vertraute Stimme. „Papa", riefen seine Jungs im Chor, „wir wünschen

dir frohe Weihnachten!" Blitzschnell hob Christopher den Kopf. Da waren sie zu sehen – seine Familie! Die letzte Videobotschaft war für ihn. Er konnte es nicht fassen. Wie wunderschön sie aussahen, die Jungs in schicken Anzügen und Chelsea in einem roten Samtkleid. Sie sah so jung aus. Genauso hatte sie ausgesehen, als sie sich kennengelernt hatten. Dann sprach auch sie: „Wir sind durch schwierige Zeiten gegangen. Doch du sollst wissen, dass wir dich immer unterstützt haben, damit du deinen großen Traum verwirklichen konntest. Wir sind so stolz auf dich!"
Nun konnte sich Christopher nicht mehr beherrschen. Eine dicke Träne drang aus seinem Auge. In der Schwerelosigkeit ballte sie sich fast zu einer Kugel zusammen und blieb unter seinem unteren Lid kleben, wo sie hin und herwackelte. „Ich habe gesehen, dass du noch nicht unterschrieben hast", setzte Chelsea fort und hielt kurz einige Blätter in die Kamera, von dem nur Christopher wusste, dass es sich um die Scheidungspapiere handelte. „Vielleicht gibt es ja noch eine Chance für uns. Wir vermissen und lieben dich."
„Ja", rief Christopher, „ich liebe euch auch so sehr. Ich werde alles dafür tun, euch zurückzubekommen! Bitte wartet auf mich!"
Eine Woge der Liebe durchfuhr seinen ganzen Körper. Sie begann als warmes Gefühl in seinem Bauch und stieg von dort aus in alle Gliedmaßen. Es schien ihm, als wären alle seine Ängste mit einem Male wie weggeblasen. Er fühlte sich unbeschreiblich glücklich und so voller Frieden. Wie freute er sich auf seine Rückreise auf diese wunderschöne blaue Kugel. Er würde es besser machen. Er hatte verstanden.

Es war Weihnachten.

Julian Seebach

Dezember

Dezember. Warum liebten die Menschen bloß diesen kalten Monat so sehr? Die Tage wurden kürzer und die Dunkelheit sorgte dafür, dass ich immer seltener das Haus verließ. Ich hoffte, dass die Feiertage so schnell wie möglich vorüber gingen. Denn ich war kein Weihnachtsmensch. Im Gegenteil, hätte ich meine Familie nicht gehabt, die mir jährlich dieses Fest regelrecht aufzwang, hätte ich Weihnachten wahrscheinlich komplett ignoriert und nur einen weiteren, langweiligen Tag in meinem Leben gehabt. Viele meiner Freunde bezeichneten mich bereits als „Grinch". Und leider musste ich ihnen zustimmen. Weihnachten war nichts für mich. Ich konnte diesen ganzen Hype darum überhaupt nicht verstehen.

Wenn ich mir aber früher wenigstens noch die Mühe gemacht hatte, wenigstens ein kleines bisschen zur weihnachtlichen Familienstimmung beizutragen, sah ich heute keinen Grund mehr, überhaupt aufzustehen. Seit meinem berufsbedingten Umzug in eine mir gänzlich fremde Stadt, hatte ich mir noch keinerlei Freunde machen können. Und das kleine, unscheinbare Dorf, in dem meine Familie weiterhin lebte, war am anderen Ende der Welt. Ich freute mich darauf, die Feiertage im Bett verbringen zu können.

Doch sobald ich meine Augen schloss, hörte ich ein lautes „Martinaaaaa!" durch das Haus brüllen. Vielleicht war es ja der Postbote, der sich vor

Erschöpfung die Treppen herunterfallen ließ, nachdem er Frau Ködel, die einige Stockwerke über mir wohnte, ein weiteres schweres Päckchen überreichen musste. Meine Wohnung war hellhörig. Ja sogar so hellhörig, dass ich jedes noch so kleines Wort meiner Nachbarn hören konnte. Ohne vor die Tür gehen zu müssen, wusste ich längst, welches Geschenk Herr Wehlisch seinem Sohn machen wollte, zu welcher Uhrzeit Frau Lamprecht ihr Fahrrad im Keller einschloss oder welcher Supermarkt die besten Angebote für Frau Wunder hatte. So lag ich auf meinem Bett, meinen Blick zur Decke gerichtet, und hoffte, trotz des unerträglichen Lärms im Treppenhaus, doch noch ein wenig Schlaf finden zu können.

Doch daraus wurde einfach nichts. Irgendwann klingelte es an der Tür und Frau Lamprecht stand mit einem Blech frisch gebackener Kekse vor mir. Sie sah freundlich aus, die vielen Falten und ihre dünnen weißen Haare ließen sie mich auf 80 Jahre schätzen. Doch ihre flinken, tiefbraunen Augen schienen alterslos zu sein.

„Ich weiß, es ist spät, aber möchtest du mal probieren?"

Verwundert sah ich sie an. Noch nie hatte ich solch ein Angebot von einer mir bis dahin unbekannten Person bekommen. Erstaunt erwiderte sie meinen Blick. Denn während sich die gesamte Nachbarschaft auf ein frohes Fest vorbereitete und ihre Türen mit Lebkuchen und allerlei übertriebenen Dekorationen schmückte, stand ich in einem alten Bademantel, der seine besten Tage bereits hinter sich hatte, in einer ziemlich unaufgeräumten Wohnung vor ihr.

„Kein Weihnachtsfreund, was?", lächelte sie.
Mein Blick fiel nach unten. „Doch, aber ..."

"Schon gut, nicht jeder liebt dieses Fest. Es geht mich ja nichts an, doch du wohnst nun schon einige Wochen hier. Wir haben noch nicht ein einziges Wörtchen miteinander gewechselt."
"Also, dachten Sie?"
"Also, dachte ich, wir lernen uns endlich einmal kennen! Wie gesagt, es ist spät, doch hast du Lust, mit mir eine kleine Runde rauszugehen? Ich könnte dir unsere Nachbarschaft zeigen!"
Normalerweise hätte ich jetzt bereits aus purer Trägheit abgelehnt, doch wie gesagt, normalerweise machte mir auch niemand so ein unerwartetes Angebot. "In Ordnung", hörte ich mich überraschenderweise sagen. Schnell zog ich mich an, griff einige ihrer Kekse und dann machten wir uns auf den Weg, damit ich den Stadtteil, in dem wir wohnten, näher kennenzulernen durfte.
"Ach so, nenn mich ruhig Martina!", lächelte die Frau.
Als wir nach draußen gingen, empfing uns ein eiskalter Luftzug. Wir liefen durch unseren Bezirk, an einer alten Pizzeria vorbei, wärmten uns in einer kleinen Kirche auf und kamen nach einer sehr langen Wanderung auf einer winzigen, verschneiten Insel inmitten der Stadt an.
"Das ist die Rabeninsel", sagte Martina.
Es war dunkel und kein Mensch war weit und breit zu sehen. Alle saßen sie mit ihren Familien in ihren wohlig warmen Wohnzimmern. Wortlos liefen Martina und ich über die gefrorene Erde. Wie lange waren wir bereits unterwegs gewesen? Alles fühlte sich so zeitlos an.
"Es ist kurz nach Mitternacht. Meine Lieblingszeit!", meinte Martina mit einem Lächeln und begann nun, einen der Bäume, der so groß war, dass seine Krone nur noch schwer erkennbar war, zu

umarmen. Ein trauriges Gefühl beschlich mich, als ich sie so reglos im Mondenschein stehen sah. Alles war so surreal. Heute begann Weihnachten. In einigen Stunden würde meine Familie aufstehen und ein glückliches Fest feiern. Und ich stand hier, auf einer kalten dunklen Insel und sah einer alten Dame dabei zu, wie sie einen Baum umarmte. Irgendwie bewunderte ich sie aber auch für ihre eigenartige Unbeschwertheit und ihr großes Vertrauen zu mir. Irgendwann liefen wir wortlos weiter.
„Warte bitte!"
Ich hielt inne. Ich sah, wie Martina nun in die Richtung einer prächtigen Tanne ging, die mit all ihrer Schönheit die anderen Bäume in den Schatten stellte. Wie im Märchen sah die Tanne aus, die prachtvollen Äste hatten kleine Schneehäubchen auf und die Spitze ragte so weit in den Himmel, dass ich sie trotz des Mondlichtes nicht erkennen konnte. „Was machen wir hier?"
„Warte bitte!"
Stille. Normalerweise hätten wir jetzt etwas, irgendetwas gehört, sei es das Zwitschern eines Vogels oder einige Zweige, die durch den Wind kräftig hin und her geschüttelt wurden, doch in diesem Moment ... Nichts.
Ich dachte, die Stille unseres Dorfes, aus dem ich stammte, und dessen Bewohner bereits das wöchentliche Vorbeifahren des Busses als störend empfanden, könnte nichts übertreffen. Das lange Schweigen fühlte sich festlich an.
„Hierhin komme ich, wenn mir alles zu viel wird! Egal, zu welcher Jahreszeit und bei welchem Wetter. Für mich gibt es keinen schöneren Ort", unterbrach Martina die Stille.

„Wenn wir uns schon auf diese Art kennenlernen, solltest du wissen, was ich so mag. Und worauf es im Leben für dich ankommt."
Ich schluckte. „Worauf es bei mir ankommt?"
Diese Frage wurde mir ehrlich gesagt noch nie gestellt, erst recht nicht so spontan. In unserem Dorf gab es nicht viel, was so wichtig wäre, dass ich es nicht irgendwann vergessen hätte. Auch hatte ich nie eine wirkliche Perspektive gesehen, dort bleiben zu wollen. Ich überlegte. „Worauf es für mich ankommt ... ist, meine Familie glücklich zu sehen. Zu wissen, dass es ihnen gut geht!"
Ich dachte daran, dass meine Familie zum ersten Mal ohne mich Weihnachten feiern würde. Mir kamen die Tränen. Und obwohl es mir bis dahin egal war, spürte ich plötzlich ein Verlangen danach, mit ihnen zu feiern.
Martina bemerkte das. „Schon okay. Geh zu ihnen!"
„Wie bitte?"
„Es ist Weihnachten. Ich bin zwar froh, einen neuen Freund kennengelernt zu haben, doch ich merke, dass dir deine Familie fehlt! Und du kommst ja wahrscheinlich wieder zurück."
Nun sitze ich hier im Zug und schreibe diese Zeilen nieder, während ich erleichtert bin, die letzte Verbindung bekommen zu haben. Ich weiß nicht, was mit mir passiert ist, in der vorigen Nacht mit Martina auf der Rabeninsel. Doch irgendetwas hatte sie in mir ausgelöst, als sie die prachtvolle Tanne umarmte. Und ich bin voller Vorfreude, ein grandioses Fest mit meiner Familie feiern zu können.

Reinhard Strüven

Weihnachtsfriede

Die Kinder schauten neugierig, und die kleinen Hunde hatten Angst, wie er mit dem riesengroßen Plüschpony durch die Straßen ging. Dank des Billigsupermarktes konnte er sich sowas leisten, hundertsechzig Zloty, vierzig Euro, dieselben Preise in Deutschland und Polen, aber es war genau das richtige Geschenk, wollte er das Eis brechen. Viele Leute trugen Geschenke mit sich herum, Tüten und Taschen, aus denen die Präsente hervorquollen, doch niemand hatte so etwas Großes wie er dabei. Mit einem kleinen Geschenk wollte er nicht ankommen, groß musste das Symbol sein, am besten wäre ein Plüschland gewesen, mit dem Besten aus Polen und Deutschland und ihre Familie mittendrin, wiedervereint.
Im Bus besetzte das Pony die drei Plätze der hinteren Bank, er musste stehen. Einen eigenen Fahrschein immerhin musste er nicht für es lösen (niemand fragte). Er suchte einen freien Abschnitt in seinem „Karnet" und stempelte für die Fahrt. Fünfzig Cent kostete es. Manche Sachen hier waren spottbillig.
Andere wieder kosteten das gleiche: zum Beispiel in der Galerie Kopernikus, wo er auf die gleichen Geschäfte derselben Handelsketten wie in Deutschland traf; tausend Kilometer mit dem Zug, und es sah aus wie zuhause. Und auch die amerikanische Weihnachtsmusik war dieselbe. Es ging wohl nirgends mehr ohne „White Christmas",

„Driving home for Christmas" und „Last Christmas, I gave you my heart".

Würde er seine Tochter sehen dürfen? Monika hatte zugesagt, dann abgesagt, alles begleitet von vielen Worten und Vorwürfen. Nun fuhr er nach Rubinkowo mit dem Plüsch-Pony unter dem Arm, in der festen Überzeugung, dass hier das letzte Wort noch nicht gesprochen sei.
Seine Arme begannen zu schmerzen, das Stofftier hatte keinen Tragegriff, und er wechselte alle paar Minuten von einem Arm zum anderen.
Dann war er da. Ulica Rydygiera. Sie hatte gesagt, er solle nicht klingeln. Ob Jul da war, hatte sie nicht gesagt. Die konnte auch bei der Oma an der Uliza Lodzka sein.
 Als er nicht mehr weit vom Eingang entfernt war, sah er eine ältere Frau das Haus verlassen. Schnell lief er hin und huschte hinein, nicht ohne sein breitestes Lächeln aufzusetzen und ein paar Brocken Polnisch fallen zu lassen. Die Dame lächelte zurück und ging ihrer Wege.
Ein paar Stufen hoch, und er war bei den Briefkästen, wo er einen Umschlag mit Weihnachtskarte, Malfarben für Jul und einem Tuch für Monika einwarf. Alles so geplant und verpackt, dass es durch den Schlitz passte. Wenige Stufen weiter, und er stand vor ihrer Haustür. Zunächst lauschte er. Nahm Geräusche von drinnen wahr. Seine Hand näherte sich der Klingel, verharrte. Er klingelte. Die Geräusche verstummten.
„Monika? Bist du da?"
Er wartete auf Antwort.
„Ich hab´ was gehört. Ihr müsst zuhause sein."
Keine Reaktion.
„Ich will kein´ Stress. Nur reden."

Vergebliches Warten.
„Komm, wir gehen was essen. Ich lade euch ein. Ich kann euch auch Geld dalassen. Wie wär' das? Ihr braucht doch Geld."
Julia, drinnen, leise: „To jest Tata." (Das ist Papa.)
Monika: „Schscht!"
Michael: „Sechs Jahre waren wir eine Familie, und jetzt reicht es nicht mal mehr für ein gemeinsames Essen? Ich glaub das nicht!"
Er ließ sich langsam am Türrahmen hinab auf den Boden gleiten, im Arm das Einhorn.
Julia, leise: „Co mowi Tata?" (Was sagt Papa?)
„Jul, hier ist ein Geschenk für dich. Komm, hol es bitte rein."
Michael krabbelte an der Tür, wartete auf eine Reaktion.
„Monika, darf ich Jul nicht wenigsten kurz Hallo sagen? Ich bin tausend Kilometer gefahren. Wir haben Weihnachten."
Geräusche und Stimmen aus einer anderen Wohnung.
„Die Nachbarn stehen schon hinter den Türspionen und hören zu. Müssen sie alles mitkriegen? Ich mach kein' Stress, versprochen. Ich bin ganz friedlich."
Monika, dicht hinter der Tür: „So wie früher?"
„Ich lass' das Einhorn hier. Bitte holt es rein. Einhörner liegen nicht gerne vor Türen, wisst ihr? Da wird ihnen schnell kalt, und sie holen sich eine Lungenentzündung. Jul, hast du kein Mitleid mit dem Jednorożec?"
Julia: „Chcę mamę jednorożca, Mama!" (Ich will das Einhorn, Mama „Jul, du wolltest Tierärztin werden, nicht wahr? Siehst du: Jetzt braucht dieses Jednorożec deine Hilfe. Komm schnell!"

Monika: „Idź do swojego pokoju!" (Geh in dein Zimmer!)
Julia: „Mama!"
Eine Tür drinnen fiel zu.
Michael klopfte gegen die Wohnungstür: „Was machst du mit Jul?" Er verharrte, zögerte, resignierte: „Schon gut. Ich gehe, ja. Ich gehe." Er stand vom Boden auf, stützte sich am Türrahmen ab. „Ich gehe."

Im Flur, wenig später: Die Tür zur Wohnung wurde langsam geöffnet. Jul erschien und zog das Einhorn, das fast so groß war wie sie selbst, hinein.
Monika: „Wejdź szybko." (Komm schnell rein)
Die Tür fiel ins Schloss.

Er fuhr mit der Linie 5 zurück in die Stadt, glaubte, der Tag sei gelaufen. Mehr aus Trotz als in der Hoffnung, dass sich noch etwas bewegen könne, schickte er Monika eine Nachricht, fragte sie, ob man sich nicht doch noch im Skrzynka (dt. „Kiste") treffen könne. Nur eine Stunde.
Er war schon fast wieder in der Altstadt angekommen, als ihn ihre Nachricht erreichte: OK, eine Stunde, aber zu ihren Bedingungen. Er sagte Ja zu allen Bedingungen, noch bevor sie sie zu Ende formuliert hatte.
Er stieg aus und lief den Weg zurück, denn bis die nächste Bahn kam, das dauerte ihm zu lange.

Katrin Thelen

Weihnachtswünsche

„Jetzt hör sich das einer an, Jörg! Deine Mutter will über Weihnachten verreisen! Allein! Nach Fuerteventura! Nun ist sie völlig durchgedreht."
Wie üblich, wenn meine Schwiegertochter und ich unterschiedlicher Meinung waren, tat sie so, als wäre ich nicht anwesend.
Tatsächlich hätte sie mir keinen größeren Gefallen tun können, dachte ich zufrieden, denn ihre Empörung bestätigte mich in meiner Idee, in diesem Jahr Gänsekeule gegen Paella und Familientreffen gegen Wellenrauschen einzutauschen. Zuvor hatten leise Zweifel an meiner eigenen Courage genagt. Würde ich den ganzen Rummel am Heiligen Abend nicht doch vermissen? Die Enkel, die in Faltenrock und mit Hemdkragen noch aufgedrehter als sonst Unmengen an Weihnachtsgebäck in sich hineinstopften? Und die Cousins und Schwägerinnen, die möglichst unauffällig in die von mir unter den Baum gelegten Umschläge schielten, nur um anschließend mit befriedigtem Grinsen die Idee der Heiligen Nacht in die Welt zu posaunen?
Nein, ich würde nichts davon vermissen. Nicht die Scheinheiligkeit, nicht die Konsumschlacht, weder das erste noch das letzte „Last Christmas" einer nicht enden wollenden Adventszeit, nicht das schlechte Wetter oder gar geschmacklosen Tiefkühlrotkohl.
„Jetzt sag doch auch mal was, Jörg!", hatte sie dann noch auffordernd in Richtung meines Sohnes

gezischt. Auf Platz 17A des Urlaubsfliegers höre ich durch das Röhren der Motoren noch seine Antwort: „Lass sie doch, Schatz, solange sie es noch kann. Mutter mochte Weihnachten noch nie so richtig. Bestimmt weiß sie dann nächstes Jahr, wie gut sie es bei uns hat."
Angekommen im Hotel – nicht zu klein, nicht zu groß, mit nettem Publikum und freiem Blick auf den Atlantik, hielt die Lobby meinem prüfenden Blick stand. Wie bei der Buchung versprochen, war nicht das kleinste weihnachtliche Anzeichen zu erkennen. Aus den Boxen an der Poolbar schnarrte ein spanischer Sommerhit herüber und es roch nach Pommesfrittierfett. Wunderbar!
Es stimmte nicht mal, dass das vielgepriesene Fest der Liebe und ich noch nie Freunde gewesen waren, wie mein Sohn behauptete. Und wenn er ehrlich zu sich wäre, würde er sich zurückerinnern an eine Mutter, die wahre Plätzchenberge gebacken hatte, einmal sogar schon im Oktober, bloß weil wir beide Lust auf diesen ganz besonderen Weihnachtsduft bekommen hatten.
Irgendwo zwischen damals und heute hatte sie angefangen, diese unerhörte Idee, dass Weihnachten sich verwandelte. Zu laut, ständig überfüllt, hässlich blinkend, so präsentierte es sich zunehmend allen Ortens. „Dann lieber gar nicht mehr", dachte ich und prostete mir überaus zufrieden selbst in der Scheibe des Hotelrestaurants zu. Spätestens seit dem „Grinch" war es salonfähig geworden, Weihnachten abzulehnen und bot meiner kleinen persönlichen Rebellion Raum, Weihnachtsstollen meiden zu dürfen, wenn ich die meisten Zutaten nicht mochte, die Wohnung nicht mit Deko überladen zu müssen, um Heimeligkeit auch hinter der Fassade vorzutäuschen und Menschen nicht zu

umarmen, die ich sonst nur im Notfall und am liebsten von Weitem grüßte.
Hier auf der Insel mitten im Meer genoss ich ungestört von alldem Ruhe und Einsamkeit und frisches Omelette, dass zu meinem Frühstückstisch getragen wurde.
Am Heiligen Abend entschied ich mich für mein blaues Lieblingssommerkleid. Faltige Haut sah sonnengebräunt gleich sehr viel versöhnlicher aus, stellte ich zufrieden fest. Gut gelaunt schlenderte ich in Richtung Speisesaal und schmeckte bereits den Weißwein auf meinen Lippen, den ich in der einsetzenden Abenddämmerung genießen wollte.
„Zur Feier des Tages", strahlte mich der Kellner am Eingang an, „bieten wir Ihnen eine besondere Überraschung." Mit diesen unheilvollen Worten geleitete er mich zu einem für mich allein zu großen Tisch, weit weg von meiner geliebten Nische am Fenster. „Niemand soll heute ohne Gesellschaft essen. Wir haben Tische für die Alleinreisenden vorbereitet." Mein Protest blieb mir im Hals stecken, als ich sah, dass alle Einzeltische für heute extra entfernt worden waren. „Schöne Bescherung!" dachte ich.
Da nichts zu essen mir auch nicht als eine gute Lösung erschien, setzte ich mich an den mir für heute zugedachten Tisch. Der Fremde, der dort schon saß, nickte mir höflich zu und wir ertrugen stoisch dieses gemeinsame Schweigen, das mir allein niemals unangenehm war.
Statt fröhlichem Buffetgewusel wurde heute ein festliches Menu serviert. Eine riesige Terrine rollte auf einem Wagen heran. „Wenn das jetzt Ochsenschwanzsuppe ist, geh ich", knurrte mein Gegenüber so inbrünstig, dass er damit das Eis zwischen uns brach. Günther, 67 Jahre, pensionierter

Schulleiter, zeigte unerwartet Humor und outete sich schnell als konsequenter Missachter von unschmackhaften Weihnachtstraditionen. Zum Glück war es spanische Minestrone, die mit einem adventlichen Geschmackserlebnis so viel zu tun hatte wie ein großstädtischer Weihnachtsmarkt mit echter Weihnachtsstimmung.
Vor dem Hauptgang entstand ein kurzer Moment der Panik. Hatte es da gerade nach Zimt gerochen? Das erleichternde Aufatmen an vielen Tischen, als indisches Curryhühnchen sichtbar wurde, war so verbindend, dass wir begannen, uns ein wenig Smalltalk zu gönnen.
Günther war nicht zum ersten Mal hier zur Weihnachtszeit. Seine Familie war in die Welt verstreut und er reiste zu ihnen über das Jahr. Den Heiligen Abend dagegen verbrachte er lieber beschaulich und in für rheumatische Knochen angenehmem Klima. „Jeder verbringt hier die Weihnachtstage aus seinem ganz eigenen Grund. Man respektiert das und wir verbringen eine gute Zeit. So einfach ist das."
„Chef!", hörte man plötzlich eine Stimme mit weinerlichem Vibrato, „das war so nicht abgesprochen. Ich kann heute keine Überstunden machen. Es ist Babys erstes Weihnachten und bestimmt Opas letztes ...". „No!", wurde sie durch einen barschen Ton am Telefonlautsprecher unterbrochen. Ein zweiter Kellner kam hinzu: „Bei mir ist es ähnlich. Meine Oma reißt mir den Kopf ab, wenn ich nicht zu ihrem traditionellen Weihnachtsessen komme. Chef, Pedro und ich kommen morgen früher und räumen den Saal wieder um, versprochen, ok?" „No." Ertönte es kurz, bevor unmissverständlich aufgelegt wurde.

Günther drehte sich zu den beiden Männern um, die mit hängenden Schultern auf das Handy stierten. „Entschuldigung, kurze Frage: Wollen Sie wirklich mit Ihren Familien feiern? Ist das Ihr ehrlicher Wunsch?" Erstauntes Nicken der Beiden.
Günther erhob sich. „Meine Damen und Herren, verehrte Hotelgäste, darf ich Sie bitten, am Ende des Abends mit anzupacken, zur – äh, Feier des Tages und zum Weihnachtsfrieden zumindest für unsere beiden Kellner und ihre Familien. Ich konnte den gutmütigen, aber bestimmten pensionierten Direktor heraushören, als er allen den Plan erklärte.
Langer Rede kurzer Sinn: Genauso kam es. Pedro und Paulo und auch der Chef staunten am frühen nächsten Morgen, als sie den Speisesaal mit liebevoll arrangierter Sitzordnung betraten. Es gab große und kleine Tische und in der Mitte eine Palme aus der Poolbar-Deko.
Niemand von ihnen ahnte, wie eine Gruppe Fast-Fremder am Abend zuvor schlussendlich Arm in Arm schunkelnd um die Palme gestanden und „La Paloma" gesungen hatten, nachdem sie gemeinsam ein stilvolles Ambiente voller Gemütlichkeit in den Saal gezaubert hatten.
„Mal ehrlich, bei 25 Grad und ohne Familie oder Baum, das ist doch kein Weihnachten!", wetterte meine Schwiegertochter beifallsheischend einige Tage nach meiner Rückkehr. „Nur herzlose Menschen verzichten freiwillig auf dieses Gefühl".
„Das stimmt", hörte ich mich zu ihrer Überraschung sagen. „Nächstes Jahr muss ich unbedingt selbstgebackene Zimtsterne mit in den Weihnachtsurlaub nehmen. Ich muss zugeben, dass ich sie wirklich vermisst habe!"

Janina Thomauske

Ein Weihnachtswunder

Emil war ein stiller Junge. Und er war genügsam und wünschte sich nicht viel im und vom Leben. Seine KlassenkameradInnen wünschten sich zu Weihnachten allerlei materielle Dinge, er wünschte sich aber eine Familie. Seine Mutter war nämlich relativ jung an Krebs verstorben und sein Vater war so der Alleinversorger der kleinen Familie und als Top-Manager einer großen Autofirma war er nicht allzu oft zuhause. Emil hatte keine Geschwister und auch keine Tanten und Onkel, das dachte er jedenfalls. Die Großeltern mütterlicherseits und väterlicherseits waren ebenfalls früh verstorben. Und so flüchtete sich der aufgeweckte Junge in seine eigene Welt der Bücher und las darin von Unbekannten, die auf ferne Reisen in ferne Länder gingen und von Jungen und Mädchen, die glücklich und zufrieden, umgeben von ihrer Familie, bis zum Ende ihrer Tage lebten. Manchmal weinte er nachts, während er ein solches Buch in der Hand hielt, wie auch eines verschneiten abends Anfang Dezember. Der Schnee fiel in großen Flocken vom Himmel und nur das Mondlicht erhellte die Nacht.
Da erschien ihm ein Engel und sprach: „Fürchte dich nicht, mein lieber Junge, denn das Weihnachtswunder wird auch für dich eintreten, denn es werden Tage kommen, da du nicht mehr einsam sein wirst, nicht mehr so allein."
Das Kind starrte den Engel mit großen Augen verwundert und ungläubig an. „Aber wie soll das

gehen?", fragte er den Engel, „Ich habe doch keine Familie mehr außer meinen Vater!"
Aber der Engel hüllte sich nur in Schweigen und sprach: „Du wirst schon sehen, wenn die Zeit gekommen ist, dann bist du nicht mehr allein!"
Der Junge wollte den Engel noch fragen, wann denn die Zeit genau für das Weihnachtswunder gekommen sei, aber der Engel verschwand bereits und Emil befand sich wieder alleine in seinem Kinderzimmer.
Als der Vater am Wochenende nach Hause kam, erzählte der Junge ihm von der seltsamen Begegnung mit dem Engel. Da bekam der Vater Mitleid mit seinem Sohn und dachte nur still bei sich: „Ich habe den Jungen wirklich zu lange allein gelassen, denn er wird wirklich immer wunderlicher."
Weihnachten rückte mit immer schnelleren Schritten näher und an einem Samstag schmückten Emil und sein Vater zusammen den Weihnachtsbaum. Sie hängten Nüsse, Engelsfiguren und rote sowie goldene Christbaumkugeln daran. Im Hintergrund lief der Musiktitel: „Let It Snow! Let It Snow! Let It Snow!" in der Version von Frank Sinatra, ein Andenken an Emils Mutter Anna, denn es war ihr Lieblingslied in der Weihnachtszeit gewesen. Danach aßen sie die Plätzchen, die Emil unter der Woche mit dem Kindermädchen gebacken hatte.
„Und was wünscht du dir zu Weihnachten, mein Sohn?", fragte ihn der Vater schließlich.
„Nichts, dass du mir kaufen könntest", sagte Emil.
„Aber irgendetwas muss es doch geben, dass du dir wünschst?", bohrte der Vater nach.
„Nein, nichts Materielles", sagte Emil noch einmal.
Der Vater seufzte und ließ es erst einmal darauf beruhen. Am 4. Advent schließlich zündeten sie die

letzte Kerze am Weihnachtskranz an und am Morgen des 24. Dezembers gingen sie in den Gottesdienst in der Kirche ihres Dorfes. Am frühen Abend packte Emil das Geschenk seines Vaters aus: Es war eine Reise nach Paris, zusammen mit seinem Vater. Emil freute sich sichtlich, hatte er doch nur noch seinen Vater und sah ihn doch sonst viel zu selten. Das wusste der Vater natürlich und er hatte insgeheim deshalb ein schlechtes Gewissen seinem Sohn gegenüber, aber die Rechnungen bezahlten sich eben nicht von selbst und einer musste ja das Geld heranschaffen.
Da klopfte es plötzlich am späteren Abend des 24. Dezembers an der Tür ihres Hauses.
„Nanu?", fragte der Vater erstaunt, „Wer kann das sein heute zu so später Stunde am Weihnachtsabend, zumal ich gar keinen Besuch erwartet habe?"
Auch Emil hatte keine Ahnung, wer da an ihrer Haustür klopfte. Der Vater ging zur Tür und vor ihm stand freudestrahlend eine etwa 50 Jahre alte Frau mit rötlichen langen Haaren und grünen Augen und sagte: „Frohe Weihnachten, Peter!"
Der Vater erkannte die Frau natürlich sofort: „Edith! Was um Himmels Willen tust du denn hier?!"
Edith antwortete überrascht und fast schon ein wenig gekränkt: „Ja aber hast du denn meinen Brief nicht bekommen?"
Peter fragte: „Welchen Brief? Nein, ich habe keinen Brief bekommen!"
Edith antwortete: „Dann muss er wohl in der Post verloren gegangen sein. Schade, aber jetzt bin ich ja hier. Darf ich hereinkommen?"
„Ja, komm` doch bitte herein", sagte Peter. Auf dem Weg ins Wohnzimmer fragte er Edith: „Aber

wieso bist du hier? Ich dachte, du wärst in Amerika?"
Edith meinte: „Da komme ich auch her. Ich wohne dort immer noch, aber ich bin mit dem Flugzeug stundenlang hierher geflogen, nur um Emil zu sehen."
Emil fragte erstaunt: „Um mich zu sehen? Mich? Aber wer sind Sie überhaupt?"
Edith sagte: „Oh Emil, ich bin es doch, deine Tante Edith! Hast du denn die äußere Ähnlichkeit zu deinem Vater nicht gleich bemerkt?"
Der ebenfalls grünäugige Emil meinte: „Doch, schon."
Da trat Tante Edith schon näher an Emil heran, um ihn zu umarmen und zwitscherte aufgeregt: „Ach Emil, ich freue mich ja so, dich endlich kennenzulernen nach all den Jahren. Was haben wir doch so viel Zeit verloren!", sagte sie traurig, „Aber das holen wir jetzt alles nach, versprochen!"
Und sie aßen alle zu Abend und es war ein vorzügliches Mahl. Edith erheiterte die Gemüter der Anwesenden mit lustigen Geschichten ihrer schrulligen Freundinnen aus Amerika und sie lachten sich alle tot. Emil war so glücklich wie seit langem nicht mehr. Es war ein fröhlicher Abend und er fühlte sich endlich nicht mehr so allein, zumal ihm seine Tante erzählte, er habe noch einen Onkel und mehrere Cousinen und Cousins in Amerika.
„Aber warum hast du mir nie zuvor erzählt, dass ich noch Verwandte in Amerika habe?", fragte Emil seinen Vater vorwurfsvoll.
„Es ist eine schwierige Geschichte, Emil, und es tut mir ehrlich leid, aber ich habe Edith nie vergeben, dass sie nicht da war, als deine Mutter im Krankenhaus starb."

Edith nickte traurig. „Dabei wusste ich gar nichts von der Krankheit deiner Mutter, sie hatte mir nie davon erzählt!", sagte Edith.
„Es war falsch von mir, dir deine Abwesenheit zum Vorwurf zu machen!", sagte der Vater zerknirscht, „Aber ich war damals ein gebrochener Mann nach Annas Tod und ich brauchte jemanden, um ihn oder sie in meiner Trauer dafür verantwortlich zu machen."
Edith meinte versöhnlich: „Das verstehe ich. Ich vergebe dir, Peter."
Peter antworte darauf: „Danke, Edith. Wir müssen eben noch einmal von ganz von neuem beginnen."
Edith stimmte dem zu, fasste sich ein Herz und wechselte das Thema: „Aber jetzt zu etwas Erfreulicherem: Emil, du hast ja noch gar nicht das Geschenk ausgepackt, dass ich dir mitgebracht habe. Mach` es auf!"
Emil überlegte nicht lange und öffnete es voller Spannung. Es befanden sich zwei Flugtickets nach Amerika darin, für Edith und für Emil. „Was bedeutet das jetzt?", fragte Emil.
„Es bedeutet, dass du mit mir gleich morgen, am 25. Dezember, nach Amerika fliegst und all deine Verwandten dort kennenlernen wirst!", sagte Edith.
Emil war überwältigt vor Glück. Endlich war er nicht mehr allein. Und er hatte gleich mehrere Verwandte!
Auch der Vater freute sich unheimlich für Emil. „Ist das nicht toll?", fragte Peter den Sohn, aber er kannte die Antwort bereits.
Als Emil an diesem Abend zu Bett ging, konnte er vor Aufregung kaum schlafen. Kurz bevor er einnickte, erschien ihm der Engel noch einmal und flüsterte: „Was habe ich dir gesagt? Du bist nicht

mehr allein!" Und damit verschwand der Engel wieder.
Emil träumte derweil bereits von seiner Verwandtschaft in Amerika. Am nächsten Morgen packte er eilig seine Sachen in seinen Koffer und Edith und er nahmen ein Taxi zum Flughafen. Emil weinte vor Glück. Besorgt drehte sich Edith zu ihm im Taxi um und fragte: „Aber Emil! Warum weinst du denn plötzlich?"
Emil erwiderte: „Es sind Tränen vor Glück, Tante Edith, denn ich bin endlich nicht mehr allein!"

Andrea Voigt

In einer schönen Weihnachtszeit

In Stille und in Einigkeit
verbringen wir die Weihnachtszeit.
Im hell erwachten Kerzenschein
strahlt Wärme in den Raum hinein.
In Nächten,
die vollkommen sind,
wird jeder hierbei schnell zum Kind.
In Freude eines Weihnachtstern,
so traumhaft strahlt er uns von fern.
Im Augenblick der Zauberei
sind unser Herzen dabei frei.

Jennifer Warwel

Zauberhaft Leistung

Wen sieht man da sich plagend
weil einen schweren Sack er tragend
Ach ja, was der Weihnachtsmann
doch für tolle Sachen kann
zack, durch den engen Kamin
schon ist er im Häuschen drin
schnell Pakete unterm Baum
Pausenzeit bleibt kaum
schnell noch Keks und Milch verdrückt
darum ist er wohl so dick
Pst ganz leise, macht kein Krach
und schleicht sich zurück aufs Dach
denn es gibt noch viel zu tun
bevor er kann im Sessel ruh´n

Anastasia Weimer

Weihnachten

Weihnachten: Zischen Familienglück und Konsumdruck
Weihnachten ist für viele die schönste Zeit des Jahres, eine Phase des Zusammenkommens, der Freude und des Friedens im Kreis der Familie. Traditionell geht es um das gemeinsame Erleben und das Gefühl der Geborgenheit und Zugehörigkeit. Wenn die Familie am Weihnachtsabend zusammenkommt, gibt es oft herzliche Umarmungen, liebevolle Gespräche und den Austausch kleiner Aufmerksamkeiten, die symbolisch für die Verbundenheit stehen. In dieser Atmosphäre kann der wahre Geist von Weihnachten aufleuchten – Liebe, Dankbarkeit und Zusammenhalt. Doch zunehmend wird das Fest überschattet von einem Konsumdruck, der das ursprüngliche Weihnachtsgefühl für viele auf eine harte Probe stellt. Für manche endet der Dezember in der Sorge, nicht mithalten zu können, und schließlich sogar in der Isolation von der Familie.

Weihnachten im Kreis der Familie: Ein Fest der Verbundenheit
Weihnachten, wenn es traditionell und im Familienkreis gefeiert wird, bedeutet für viele Menschen mehr als Geschenke und materielle Dinge. Es ist eine Zeit, die durch ihre Einzigartigkeit hervorsticht und Menschen die Möglichkeit gibt, sich auf das Wesentliche im Leben zu besinnen – auf Familie, Nähe und Unterstützung. Inmitten von

Kerzenlicht, dem Duft von Tannenzweigen und festlicher Musik entstehen Erinnerungen, die einen tiefen Eindruck hinterlassen. Kinder und Erwachsene freuen sich gleichermaßen auf die gemütliche Stimmung, auf das vertraute Lächeln und die kleinen Rituale, die das Fest zu etwas Besonderem machen. Es sind diese Momente, die auch über Jahre hinweg im Gedächtnis bleiben und das Herz erwärmen, lange nachdem das letzte Geschenk ausgepackt ist. In einem solchen Rahmen verlieren Geschenke ihren materiellen Wert und werden zum Symbol der Wertschätzung und Aufmerksamkeit, unabhängig von ihrem Preis.

Der Druck des Konsums: Wenn Weihnachten zur Belastung wird
Für viele jedoch ist Weihnachten nicht mehr das Fest des Friedens und der Familie, sondern vielmehr ein Fest des Konsums. Die Vorweihnachtszeit wird oft geprägt von Werbekampagnen, die suggerieren, dass ein gelungenes Weihnachtsfest von teuren Geschenken und üppigen Ausgaben abhängt. Diese Erwartungen und der gesellschaftliche Druck erzeugen eine Spirale, in der sich viele gezwungen fühlen, das ganze Jahr über für diese eine Feier zu sparen – oder sich zu verschulden, um mithalten zu können. Für Menschen, die es finanziell ohnehin nicht leicht haben, kann der Dezember zu einem Monat der Verzweiflung werden. Der Gedanke, den Erwartungen nicht gerecht zu werden und nicht die „perfekten" Geschenke für die Familie zu haben, kann so belastend werden, dass einige lieber auf das Weihnachtsfest verzichten, als sich dem gefühlten Versagen zu stellen.

Der Rückzug und die Isolation: Weihnachten alleine feiern
Für diejenigen, die unter diesem Konsumdruck besonders leiden, bleibt oft nur eine scheinbare Lösung: sich dem Fest und der Familie zu entziehen. Sie suchen nach Begründungen, um der Feier fernzubleiben, obwohl es ihnen im Herzen schwerfällt. Die Angst, den Anforderungen nicht zu genügen, überwiegt die Freude, gemeinsam Zeit zu verbringen. So kommt es, dass Weihnachten nicht mehr das Fest der Nähe und Liebe ist, sondern für manche zu einem Symbol der Einsamkeit und Entfremdung wird. Die behütete Idylle und die Geborgenheit, die das Fest traditionell bieten könnte, weichen einem Gefühl der Isolation. Das Fehlen von finanziellen Mitteln und das Fehlen des „perfekten" Geschenks führen dazu, dass Menschen lieber alleine feiern, obwohl sie die Nähe zur Familie eigentlich vermissen.

Konsum und Qualität: Was Weihnachten wirklich wertvoll macht
In diesem Spannungsfeld wird deutlich, wie wichtig es ist, den ursprünglichen Wert von Weihnachten wiederzuentdecken und den Fokus weg vom Konsum zu lenken. Ein Fest, das nur auf Geschenken und materiellen Dingen basiert, verliert leicht seine Seele und den eigentlichen Wert. Es ist entscheidend, Qualität vor Quantität zu stellen – sei es in Form von Geschenken, die mit Liebe ausgewählt oder selbst gemacht wurden, oder in Form von gemeinsamen Erlebnissen und schönen Erinnerungen, die Bestand haben. Ein Weihnachtsfest, das sich auf das Wesentliche besinnt, kann den Kreislauf des Konsumdrucks durchbrechen und den Menschen wieder das Gefühl geben, dass

Weihnachten eine Zeit des Friedens, der Verbundenheit und der inneren Wärme ist.

Ein besinnliches Weihnachten im echten Sinne
Für viele bleibt der Wunsch, Weihnachten in seiner ursprünglichen Form zu erleben – ohne den Druck, etwas leisten oder beweisen zu müssen. Ein Weihnachten, das an das Wesentliche erinnert, an die Nähe und Verbundenheit, die jeder Mensch sucht und die durch kein Geschenk der Welt ersetzt werden kann. Vielleicht liegt die wahre Bedeutung von Weihnachten darin, dass man lernt, wieder echte Freude zu empfinden, die von Herzen kommt, und sich auf das Wesentliche zu konzentrieren: die Zeit, die man miteinander verbringt, die Erinnerungen, die man teilt, und die Liebe, die man gibt und empfängt. In einer Welt, die von Konsum geprägt ist, könnte die Besinnung auf diese Werte ein Weg sein, Weihnachten wieder in seinem ursprünglichen Licht zu feiern – als Fest der Familie, der Freude und der Liebe.

Markus Westbrock

Ein Tag wie jeder andere

Ungeduldig blickte ich auf meine Uhr. Der große und der kleine Zeiger ergänzten sich perfekt zu einer geraden Linie: Es war 18 Uhr. Pünktlich kam der Pfarrer und bestieg umständlich die Kanzel. In der Kirche war es nun ruhig; nur einige Babys unterbrachen das erwartungsvolle Schweigen der Gemeinde.
Zwei Tannenbäume waren zunächst geschmückt und dann jeweils rechts und links vom Altar aufgestellt worden. Viele Kerzen brannten – echte Kerzen, deren Flammen um ihren Docht tänzelten und die bei jedem Luftzug auszugehen drohten.
Der Pfarrer begann mit der Predigt. Er redete von der jungfräulichen Maria, von ihrem Mann Josef, von den Heiligen Drei Königen, von den Hirten und von den Engeln. Nur von Weihnachten redete er nicht. Kein Wort vom Stress der Mutter, für das Fest alles perfekt vorzubereiten, kein Wort davon, wie schwierig es war, für jeden ein passendes Geschenk zu finden, kein Wort von der aufregenden Vorfreude auf die Bescherung.
Schließlich war die Weihnachtsmesse beendet. Ich war der Erste am Wagen und mir schien es eine Ewigkeit zu dauern, bis auch meine Eltern und meine Geschwister eintrafen.
Zuhause angekommen stürzte ich in mein Zimmer und griff hastig nach den Weihnachtsgeschenken, die ich schon extra bereitgelegt hatte. So bewaffnet beeilte ich mich, zum Christbaum zu kommen, wo schon alle versammelt waren. Wir sangen ein

langweiliges Weihnachtslied, das mehr Strophen hatte, als ich kannte.
Endlich wurden die Geschenke verteilt. Ich bekam vier an der Zahl und machte mich gleich daran, sie auszupacken. Voller Ungeduld riss ich das Geschenkpapier ab. Es war bestimmt das, was ich mir so innig gewünscht hatte.
Das Summen des Elektroweckers ließ mich aus meinem Traum hochfahren. Eine beinahe, doch nicht ganz blecherne Stimme verkündete: „Heute ist Mittwoch, der 24.12.2042. Dein Tagesplan sieht vor, dass ..."
Ich hörte nicht mehr hin, sondern versuchte, so viel wie möglich aus meinem Traum zu behalten. Es gelang mir nicht. Ich stieg aus meiner Antigravitationsliege und zog mich besonders fein an.
Doch niemand würde es bemerken.

Heike Wettstein-Meißner

Winterzeit, Träumezeit

Zauberkristalle sternengleich träumen
vor einem Himmel in klirrendem Winterblau;
auf glücklichen, jahresmüden Bäumen
eröffnend des Winters königliche Schau.

Weihnacht ruft milde übers Land,
haucht Ruhe in die weiten Herzen,
erinnernd an ihr altes Liebespfand,
im zärtlichen Licht heilender Kerzen.

Magie des Neuen wartet zaubergleich
an wunschbeladenen guten Feen.
Wie kommt das Leben her so reich;
Kleine Wunder, die herüberwehen.

Autorenvorstellung

Stephanie Abels, Jahrgang 1976, lebt und arbeitet im Herzen des Ruhrgebiets. Sie schreibt beruflich und privat. In ihren Kurzgeschichten beschäftigt sie sich insbesondere mit der Übersetzung von Emotionen in Worte. Im Mittelpunkt: der Mensch.

Viktoria Adam, geboren in Karlsruhe, lebt in Bremen und arbeitet nach einem literaturwissenschaftlichen Studium im pädagogischen Bereich. Schreibt Lyrik und Kurzgeschichten. Veröffentlichungen in Sammelbänden und Literaturzeitschriften.

Céline André, Jahrgang 1976, wuchs in Frankreich auf. Im Rahmen ihres Germanistikstudiums kam sie 1996 nach Leipzig, wo sie seitdem wohnt. Sie arbeitet als Grundschullehrerin.

Saskia Bannister studierte Physik, promovierte in der „Physikalischen und biophysikalischen Chemie", arbeitet als Entwicklungsingenieurin. Einige Gedichte und Geschichten erschienen in Anthologien. → www.saskiabannister.de

Petra Behlert, 58 Jahre, wohnt mit Mann und Kindern im Bergischen Land. Seit 2017 regelmäßige Teilnahme am VHS-Kurs „lebendig erzählen". Veröffentlichung diverser Kurzgeschichten in Anthologien.

Hannelore Berthold, geboren 1944, wohnt in Chemnitz. Rentnerin. Veröffentlichungen in zahlreichen Anthologien und Literaturzeitschriften, dazu 1 Gedichtband und 2 Romane. Preise für Kurzgeschichten und Lyrik.

Syelle Beutnagel wurde 1972 in Braunschweig geboren. Neben dem Studium absolvierte sie „Die große Schule des Schreibens". Heute arbeitet sie als freie Texterin und Autorin.

Harald Birgfeld, geb. 1938 in Rostock, lebt seit 2001 in Heitersheim. Von Hause aus Dipl.-Ingenieur, seit 1980 mit Lyrik und Prosa befasst: 27 Gedichtbände, 2 Epen, Sachbücher, mehr als 40 Anthologien.

Helmut Blepp, geboren 1959 in Mannheim, selbstständiger Trainer & Berater (Arbeitsrecht); lebt in Lampertheim; vier Lyrikbände, zahlreiche Veröffentlichungen in Anthologien und Zeitschriften.

Roswitha Böhm ist Bloggerin, Autorin und kreative Chaotin. Mit Herz für Tiere, Sinn für Humor und viel Empathie schreibt sie über kreative Projekte und persönliche Herausforderungen.

Bianca Brepols, 45 Jahre, Beamtin. Wohnhaft in Deutschland, Nordrhein-Westfalen. Verheiratet, 2 Kinder, Autorin seit 2020. Bisher 5 Veröffentlichungen in Anthologien.

Nadin Corinna Bühler, Jahrgang 1986, lebt mit ihrer Familie in der Nähe des Bodensees. Ob im Urlaub, zuhause oder unterwegs, sie schreibt überall und ganz verschiedene Genres. Leitet Schreibwerkstätten und lässt ihre Feder gerne für Erwachsene und Kinder übers Papier flitzen.

Leandra Bulla ist Schülerin, geboren Ende 2009. Sie lebt in Berlin und schreibt bereits seit der Grundschule sehr gerne.

Ivana Burghardt ist eine 15-jährige aufstrebende Autorin und leidenschaftliche Leserin aus Oberschwaben. Sie strebt danach, ihre Geschichten mit der Welt zu teilen und hat vor, nach dem Abitur Anglistik und Politikwissenschaften zu studieren.

Derya Demirdelen, geboren in Hamburg, lebt und schreibt derzeit in ihrer Heimatstadt. Ihre Leidenschaft für das Schreiben und Lesen entwickelte sich bereits in der Schulzeit und begleitet sie seither. Derzeit arbeitet sie an ihrem Debütroman.

Juliane Engels, geboren 1955 in Würzburg, lebt in Sinzig, einem von der Ahr-Flut 2021 betroffenem Stadtteil. Nach der Ahr-Flut, mit der die Rente nach langer Berufstätigkeit begann, mussten viele Erlebnisse verarbeitet werden.

Oliver Fahn, geboren 1980 in Pfaffenhofen an der Ilm, ist ein vielseitiger Autor, dessen Werke in diversen Publikationen erschienen sind.

Anna Fock, geboren 1998, hat schon von Kindesbeinen an Geschichten verfasst. Ihr Schreibstil ist oft inspiriert von persönlichen Erlebnissen, in dem Fall einem 3-monatigen work&travel Aufenthalt in Japan nach ihrem Studium im Bereich Tourismus.

Sybille Fritsch, geboren 1959, deutsche Lyrikerin und Religionswissenschaftlerin. Seit 2023 lebt und arbeitet sie in Hannover und Windheim an der

Weser. Hat Einzelpublikationen in Anthologien und in jüngerer Zeit zwei Lyrikbände veröffentlicht.

Jürgen Gabelmann, geb. 1971 in der Pfalz. Mittlerweile wohnhaft in Berlin. Er veröffentlichte bereits mehrere Kurzgeschichten, von denen es eine sogar bis in die Bestsellerlisten schaffte.

Hartmut Gelhaar, Jahrgang 1948, Rentner, lebt in Wernigerode. Hat bereits in mehreren Anthologien veröffentlicht. Eigene E-Book-Publikationen unter www.bookrix.de/-texter. Betreibt auf YouTube den Podcast „Lyrik für die Ohren."

Beate Gerke, 53 Jahre, aus Wuppertal. Mag gemütliches Kaffeetrinken mit Freunden, interessante Gespräche, Sonnenschein und gute Laune.

Herbert Glaser, 63, ist Sounddesigner bei einem TV-Sender. 2019 erschien sein Roman „Neustart", ein Jahr später die Anthologie „kurz und schmerzend". Mit seiner Frau lebt er nördlich von München.

Mona Lisa Gnauck ist 2000 geboren. Schon früh entwickelte sich ihre Leidenschaft fürs Schreiben. In ihren Texten verarbeitet sie gesellschaftliche Themen, kombiniert mit verschiedenen Motiven und der schöpferischen Energie der Sprache.

Danny M. Hügelheim ist aufgewachsen im nördlichen Hessen und schreibt seit vielen Jahren Geschichten, Gedichte und sozialphilosophische Arbeiten. Einige Werke davon sind in gedruckten Gedichtbänden und Anthologien zu finden.

Carola Jun, Jahrgang 1964, geboren in Berlin, freie Autorin. Sie schöpft Inspiration aus Geschichten und Bildern des Lebens, von besonderen Einsichten, oder auch Aussichten. Wichtig ist ihr, dass sie die Leser im Herzen berührt.

Luitgard Renate Kasper-Merbach, geboren 1958 in Bad Schussenried, verheiratet, 3 Kinder, 5 Enkelkinder, schreibt seit ihrer Kindheit Gedichte und Prosa, zahlreiche Veröffentlichungen in Anthologien, einige Literaturpreise.

Simone Kirschbaum ist Jahrgang 1973 und lebt in Hessen. Seit 2017 ist sie Mitglied im Verein der „Polizei-Poeten e. V.", (www.polizei-poeten.de), wo sie verschiedene Beiträge veröffentlicht hat.

Monika Konopka, geboren 1955, lebt im Ruhrgebiet und veröffentlicht seit 2019 Kurzgeschichten in diversen Anthologien.

Lisa Marie Kormann ist freie Autorin und Grafikdesignerin mit diversen Buchveröffentlichungen.

Michael Johannes B. Lange, Jahrgang 1968, veröffentlicht seit 2014 Krimis und Science-Fiction-Stories sowie Kurzgeschichten mit zeitgeschichtlichem Bezug in diversen Anthologien.

Romy Märtens, Jahrgang 2002, wurde in Braunschweig geboren und studiert dort Elektrotechnik. Zum kreativen Ausgleich liest und schreibt sie gerne. Sie hat bereits mit einer Kurzgeschichte im Rahmen der Gifhorner Märchentage mitgewirkt.

Stefanie Maurer, Jahrgang 1977. Die Autorin, Redakteurin und Tierliebhaberin aus Nordhessen, lebt nach dem Motto: „Nicht nur reden, sondern handeln." Ihre Geschichten sollen unterhalten, faszinieren und bestenfalls nachhallen.

Karlo Meinolf wurde 1989 in Oberhausen im westlichen Ruhrgebiet geboren. Die Inspirationen zu seinen Geschichten, zieht der Hotelmanager aus den Begegnungen und Gesprächen mit seinen Hotelgästen. Arbeitet an seinem ersten Roman.

Oliver Meiser, 1970 in Reutlingen geboren, Dipl.-Geograph und Studienreiseleiter, schreibt seit seiner Schulzeit, Veröffentlichungen in Anthologien und Tageszeitungen.

Mia Mondstein, Jahrgang 1961, diverse Veröffentlichungen, seit 2016 eigene Radiosendung über den Bürgerfunk Münster. → www.miamondstein.de

Dörte Müller, Jahrgang 1967, lebt und arbeitet im Rheinland. Sie schreibt und illustriert Bücher für Kinder und vermisst die weiße Weihnacht, die sie im Harz als Kind oft hatte. Ihr erster Roman erschien 2014.

Kerstin Müller-Hörth, geboren 1993 in Euskirchen, wohnt in Bad Münstereifel. Die Verwaltungsangestellte verfasst in ihrem Berufsalltag eher sachliche Texte, in ihrer Freizeit Tagebucheinträge und Kurzgeschichten in gereimter Fassung.

Rosemarie Nake, geboren 1954, lebt mit ihrem Mann in einem kleinen Dorf bei Halle/Saale. Seit sie Rentnerin ist, hat sie viel Zeit für ihre Hobbys Lesen und Schreiben. Besonders gern schreibt die ehemalige Lehrerin fröhliche Kurzgeschichten.

Mara Lou Riedel, geboren 1982, wuchs in Niedersachsen auf. Seit dem Psychologiestudium lebt und arbeitet sie in Münster. Schon zu Schulzeiten verschlang sie Bücher und schrieb eigene Geschichten.

Jürgen Rösch-Brassovan, Jahrgang 1966, Hannover, Studium Geschichte/Politik, Postangestellter. Seit 2014 zahlreiche Veröffentlichungen von Kurzgeschichten und Gedichten im Internet und in Anthologien.

Sabine Sauer, schreibt in ihrer Freizeit Kurzgeschichten und Gedichte. Veröffentlichungen in diversen Anthologien. Arbeitet im Moment einen Plot für ein Buch aus.

Nico Schäffauer, 28 Jahre alt, Journalist beim SWR, studiert „Kinder- und Jugendliteratur" an der Schule des Schreibens. In den Wäldern seiner Heimat, der Schwäbischen Alb, stößt er stets auf neue Trulldemar-Geschichten.

Kevin M. Schott stammt aus Gifhorn und lebt heute in der Prignitz. Nach seinem Informatik-Studium machte er sich als Software-Entwickler selbständig. Seit seiner Kindheit inspirieren ihn Mythologien, Geschichten, Videospiele und Manga.

Christiane Seebach, Jahrgang 1969, lebt mit ihren 2 Kindern in Wismar. Sie arbeitet als Lehrerin für Musik und Theater. Für ihre

Schultheaterstücke erhielt sie 5 Auszeichnungen in Hamburg und Hessen.

Julian Seebach, Baujahr 2001, lebt in Wismar. Er hat begonnen Kurzgeschichten und Gedichte zu schreiben. Ein Roman ist in Arbeit.

Reinhard Strüven, 1966 in Krefeld geboren, lebt in Düsseldorf und Krefeld. Schriftstellerische und journalistische Tätigkeit, Öffentlichkeitsarbeit und Fundraising.

Katrin Thelen, geboren 1977, stammt aus dem Ruhrgebiet, verheiratet, 3 Kinder, Sozialpädagogin in der Jugendarbeit - aus diesen und anderen Gründen mit genügend Argumenten ausgestattet, warum ihr Geschichten niemals ausgehen werden.

Janina Thomauske studierte Medien- und Kommunikationswissenschaften und Anglistik / Amerikanistik auf Bachelorniveau und Medienwissenschaft im Master. Sie schreibt gerne Gedichte und Kurzgeschichten für Erwachsene und Kinder.

Andrea Voigt, geboren 1980 in Berlin, ledig und ein Kind. Veröffentlichung mehrerer Gedichte und einer Kurzgeschichte in verschiedenen Verlagen und Zeitschriften.

Jennifer Warwel wurde 1980 in Essen geboren. Am liebsten tobt sie sich in ihrer Freizeit kreativ aus. Vom Zeichen übers Malen bis hin zum Schreiben. Einige ihrer Gedichte und Geschichten wurden in Anthologien veröffentlicht.

Anastasia Weimer, ihre Kurzgeschichten und Gedichte erkunden komplexe Themen des Lebens. Sie lebt als freiberufliche Schriftstellerin mit ihren zwei Kindern in Berlin und widmet sich leidenschaftlich der kreativen Entfaltung.

Markus Westbrock (57) ist als Arbeiterkind am Rande des Ruhrgebiets mit einer Vorliebe für Bücher und Computer aufgewachsen. Nach dem Deutsch- und Englischstudium zwei kaufmännische Ausbildungen und lange Vertriebstätigkeit.

Heike Wettstein-Meißner, 54 Jahre alt, Lehrerin für Deutsch, Geschichte und Ethik. Geboren am Rhein, lebt mit Mann, drei Kindern und Hund Merlot in einem alten Bauernhaus in der Nähe von Saarbrücken.

Thomas Opfermann (Hrsg.), geboren 1975 in Stolberg/Rheinland, verfasst neben seiner beruflichen Tätigkeit als Dozent Haikus und Kurzgeschichten; Ausrichter von literarischen Workshops und Seminaren. → www.thomas-opfermann.de